U0634619

大国小村

史鹏钊 著

中原出版传媒集团
中原传媒股份公司

河南文艺出版社

有态度的阅读

小马过河（天津）文化传播有限公司

序　大国小村别样味

我们生存在一个古老的国度。

我们的历史，是由无数大大小小的村庄堆积起来的，我们的生生不息，也是靠着这一块块富庶或者贫瘠的土地来延续的。即使进入21世纪的今天，我们依然无法不眷恋这些哪怕是渐次颓圮的村庄，这些哪怕是正在荒芜的土地。我们的现实生活，依然被固定在历史、过去和当下的语境之中，被固定在祖辈、父辈和自己的思维之中。我们的快乐，也许就是反反复复的忆苦思甜，就是浮浮沉沉的坎坷经历。我们不能回到过去，却促使了过去的情景再现；我们不满足于当下，却咀嚼着当下而知足常乐。对于未来，好像在我们的四维空间，并没有留下过多的位置。活好当下，也许就是我们宿命里唯一能追逐的目标。

处在小环境里，我不能说这是阅读了史鹏钊的《大国小村》所生发的感慨，但可以说，《大国小村》实实在在是在重复着我们的祖、父、子，也许还有孙辈们绵延不绝的你、我、他，也许还有她的纵横交错的、复杂而苦难依然的历史岁月。放到大环境中，我在阅读本书的过程中，似乎走进了我的故土，儿时的记忆幻化眼前。也可以说，史鹏钊的《大国小村》是一部保存了中国西北乡村民间记忆的文化读本，也演绎着城市化进程中中国古老沧桑的村落的时代命运。

在《大国小村》中，作者用了较长的文字记述了故乡史家河的渊源，以及这里生生不息的父老乡亲。当我阅读了卷首的《史家河》和《文字描述的史家河地图》，我也似乎读懂了年轻的作者。在这两篇较长的文字里，他已将自己的心境展现给了读者。无论是“写这本书之前，我想了很久。我甚至疼痛得无法下笔，因为那个叫史家河的村庄老了，老得只剩下了红岩河那涓涓细流，在悄然无息且孤独地流淌着，就像我的父母。他们在史家河生活了一辈子，已经是六十多岁的人了，后来却从村庄里慌忙地逃离，眼泪汪汪地望着养活了自己一生的土地，被荒草慢慢地包围”“母亲现在还清楚地记得，外公回家来啧啧赞叹父亲家牛马满圈、粮食满仓，虽然在一条偏僻的山沟里，但是不缺吃穿，不缺柴火烧，就同意了这门亲事”，还是“三年后，我收到了去河南上大学的通知书。父亲忙前忙后，去镇上的派出所办户口迁移证明，去亲戚家借学费”“而我，一个刚踏进城市门槛的人，对这座城市的了解仅仅来自书本，这次算是初次对西安城市实地的窥探，新鲜且战战兢兢”，以及“父母亲开始了‘后分居时代’，父亲常年进城打工，母亲给姐弟带孩子”“这是母亲的心病，她一辈子和田地为伍，突然就这样离开了村庄。直到2013年，她带大了孙子，来到西安城里打工，有了每月不到2000元的收入后，她埋在心底要回家种地的念头，才慢慢灰飞烟灭”……这些作为作者着墨最多的叙述，就是要向我们展示社会的变迁、时代的更替、城镇化的发展带给农村以及农民的未必是喜悦，甚或可以说，农村的颓圮以及土地的荒芜，最后会成为人类社会发展过程中的痛楚。

接下来的四辑三十多篇文章中,《想起民国十八年》《偷苜蓿》《挖窑洞》《巧云娘》《计划生育》《奶奶之死》《皇粮国税》《村庄婚事》《进城》《出生的儿子》等这些篇什，由体会而感悟，由洞察而理解，如同记录我们当年探求父母的儿时是怎么样到孩子追问我们的儿时一般，作者用饱蘸感情的笔墨，为读者奉献上农村以及亲人们曾经的往事，以及留存历史的痕迹，向我们展示了大半个世纪以来，史家河这个古老的村庄以及村庄里的各色人等在社会变迁中的事态、势态，从衣食住行、婚丧嫁娶这些人们习以为常的生存样态中，表现出既有苦难，也有与苦难抗争的快乐，同时也向我们展示着面临消亡的古老的民俗风情。

史鹏钊还很年轻，已经在文学创作的道路上取得了不小的成绩。在这本书之前，我读过他的《光阴史记》《出村庄记》等作品，《大国小村》是他奉献给正在消亡的故乡史家河的一份厚礼，也是他创作上的又一次飞跃。让我们静下心来，让思绪回到我们曾经的，那个似乎已很遥远的生态状态，倾听中国最后一代真正意义上的农民的声音，欣赏史鹏钊为我们展示的中国最为底层的村庄和农民的生活画卷，以及他们鲜活的生命历程。

是为序。

周 明

（作者系中国现代文学馆原副馆长，国家一级作家）

目　录

引 子

第一辑　20世纪50年代至60年代

第二辑　20世纪60年代至1980年

第三辑　1980年至2000年

第四辑　2000年至2015年

后 记

引　子

史家河

1

写这本书之前，我想了很久。我甚至疼痛得无法下笔，因为那个叫史家河的村庄老了，老得只剩下了红岩河那涓涓细流，在悄然无息且孤独地流淌着，就像我的父母。他们在史家河生活了一辈子，已经是六十多岁的人了，后来却从村庄里慌忙地逃离，眼泪汪汪地望着养活了自己一生的土地，被荒草慢慢地包围。

2015 年 9 月 7 日，三十五岁的我迎来了自己的儿子。他在母体里孕育了九个月，来到了这个世界，从此我的肩上就多了一份叫作父亲的责任。从他在产房的第一声啼哭开始，到今天和我有了表情和语言上的交流，我是幸福的。自从有了他，我一个大男人坚硬如铁的心，顿时变得棉花般无比柔软。

儿子出生后，母亲又成了照顾孙儿的人。她先后给我们姊妹几个带大了孩子，孩子们也都和她十分亲近。2015 年 11 月 1 日，我开始了与母亲的第一次对话。她生于 1954 年 12 月 29 日，农历腊月初五。她出生的那年，全县掀起了农业互助合作运动的热潮。

后来，我决定给家乡再写本书。这是中国千千万万个即将消失的村庄的缩影。不了解农村，何以了解农民？尤其是以父母为代表的农民。随着时代的变迁，他们这代人老去后，这些历史可能就会被完全尘封在岁月的尘埃里。

我的家乡属于彬县①。彬县原属雍州，后公刘率部落人马，在泾河边以水为傍，垒土成墙，围而成城，率周人居而安之，从此就有了公刘豳国。秦时设漆县；西汉后隶属左扶风，班固《汉书·地理志》（上）载，右扶风“有豳乡，《诗》豳国，公刘所都”；东汉设立新平郡；唐为豳州，在泾河南岸的石崖峭壁上，太宗李世民主持开凿的大佛寺，今天已成为中国、哈萨克斯坦和吉尔吉斯斯坦三国联合申遗的“丝绸之路：长安—天山廊道的路网”中的世界遗产之一；公元 725 年改为邠州；公元 730 年，三十岁的唐代大诗人李白，在长安自夏至秋，通过各种关系求仕途未成，

① 彬县：现为彬州市，2018 年 05 月，撤县设立县级彬州市。

且囊中羞涩，遂于暮秋时节从长安出发踏上了西游邠州的道路。他此行有两个目的，一是来实地感受《诗·豳风》及周人的创业圣地，借以排遣仕进无门的苦闷；二是来探望一下担任邠州长史的堂兄李粲，另谋他途，以求仕进。到达邠地后，一日诗人登上了矗立于新平原上的城楼，四周眺望，触景生情，写下了后来收录于《李太白全集》的《豳歌行上新平长史兄粲》等三首诗。李白在游览期间，还去了大佛寺，并留有书法“觉路”二字，至今镶刻于寺内。民国时废州设邠县；1949 年 7 月 24 日，全境解放；1964 年，邠县改为彬县。村庄的历史有多久，这是我想核实清楚的事。我又翻起了县志。

《彬县志》记载：

> 秦制，郡辖县，县辖乡，乡辖亭。唐代，县以下区划为乡、里、邻、户制。百户为里，五里为乡，在城称坊，在乡称里。宋设十乡。元为村社，里甲。元以前区划详情失考。

“明代，邠州直辖四乡二十七里。”二十七里，只有盘龙里辖五村，有“史店”；亭口里辖三村，有“史家村”。其他乡里均无史姓村庄记载。

“清代，全县为五乡九里，辖二百二十一村。”在“祥发里”

所辖的三十七村中，第一次出现了“史家河”这个名字，这令我振奋。和史家河同属“祥发里”的，还有今天同在红岩河川道里的高渠、阎子川等。

1950年5月，彬县区、乡整编，全县设龙高、新民、永乐、义门、永平、太峪、城关7个区55个乡，辖336个行政村。史家河属义门区六乡之一的里村乡所辖七村中的一个。1958年10月，史家河由农业生产合作社改为生产大队，隶属北极公社。

彬县地势西南高东北低，泾河自西北向东南斜贯中部，将全县分割成东北、西南两塬夹川道的地貌格局，有“山大沟多塬窄长”的特点。泾河是渭河的最大支流，发源于宁夏六盘山东麓，在北极镇雅店村进入彬县境内。河道蜿蜒曲折，曲流发育，沿岸有26条支流汇入，其中泾河左岸一级支流红岩河就穿村而过。史家河的祖祖辈辈就在这河川道里，一代代地繁衍了下来，村庄里人口最多时达到了两三千人。

在村庄里生活到十三岁时，我有了第一次进城的经历。当时父亲带着我去县中医院看病。选择去中医院，是因为村子里有人在那里当主治医生。其实我没什么大病，就是消化不良、面黄肌瘦。母亲担心起来，就催促父亲骑自行车载我去看医生。我们走了几十里的羊肠小道才到城里。医生看了看我，说应该是营养不良，至于是不是肚子里有蛔虫，待到学校发放药品后就知道了。这是我第一次顺着红岩河，在曲曲弯弯、高低不平的小路上，看到红岩河两边连绵起伏的小山丘，和被雨水冲刷出来的沟沟壑壑。我和父亲一直顺着川道上所谓的路走着，直到踏上高渠村与泾河入汇口的柏油路。

到了上初三那年，我在镇上读书，老师写在黑板上的板书，我即使睁大了眼睛，也看不清楚。我知道，我近视了，突然觉得这是一件丢人的事情，就花了三元钱搭车去县城配眼镜。那时的北极镇上，还没有一家能够验光配眼镜的店铺；只有每逢阴历三、六、九日，在镇上百货大楼门口的眼镜地摊才能够买到眼镜。地摊上的眼镜大多是老年人戴的石头镜，还有老花镜，近视镜少得可怜，且度数都在二三百度。我初次一个人到县城的汽车站，走在大街上，不知所措，直到遇见一家眼镜店才了事。其时我很担心走远了找不见返回汽车站的路。

三年后，我收到了去河南上大学的通知书。父亲忙前忙后，去镇上的派出所办户口迁移证明，去亲戚家借学费……完成了我踏上外省路途的所有准备工作。我先是跟着村里骑自行车的人到了县城车站，然后从县城车站到了西安的城西客运站，再从城西客运站坐公交车到西安火车站。在某路公交车上，我背着被褥、带着行李好不容易挤上去，却遭到了售票员的白眼。她大声地喊："背铺盖的，再补一张票。"我才明白，我的行李要占据一个人的空间，但是我确实没有占座位，我的被褥和行李就在我腿边的地上放着，安安稳稳。我的学费用针线缝在内裤里，外面的衣衫口袋里仅仅装着两百多元零钱。我带走的学费，是我们整个家庭几年的收入。为了我去上学，母亲卖了一头牛，还卖了些粮食。那头下猪仔的老母猪，母亲没有舍得卖，因为还得靠它繁殖猪仔，换取下年的学费。离开家之前，家人就告诉我，在人多的时候，要保持清醒，如果丢了学费，我就只能外出打工。我还没有掏出补票的钱，嗑着瓜子的售票员就显得有些不耐烦了，焦躁地喊着我，好像我是这个车厢里唯一逃票的人。她不仅喊我，而且口里声声不断地说着："一看就是农民，农民就应该回到农村去。"售票员絮絮叨叨的脏话不断。我吓得不敢说话，只是从口袋里摸出了一元钱，战战兢兢地递过去，再顺从地从售票员手里接过票。在我的心中，西安城里的人大都说普通话，他们浸淫在这有一千多年历史的唐皇城中，见识着来自全国各地的流动人口。而我，一个刚踏进城市门槛的人，对这座城市的了解仅仅来自书本，这次算是初次对西安城实地的窥探，新鲜且战战兢兢。

在火车上，因为我的车票是无座，所以我就在火车的连接处蹲着，和秋收之后外出打工的农民们挤在一起。他们和我一样，背着铺盖，提着大包小包，包里无非是需要换洗的衣服和日用品。他们和我一样，在夜晚呼啸的火车上，吃的是从家里带出来的鸡蛋。吃完后，两眼不断地向外望着，看着那些瞬时而过且已经安静下来的村庄。他们的目的地在哪里，我无从知道，但火车每到一个站点，他们都会兴奋起来。我初次出远门，也是激动和好奇着，一个个在书中知道的地名，在火车哐当哐当的声音中掠过。他们说这里就是华山，马上要出陕西了。我想起了唐代大诗人白居易的诗句："渭水绿溶溶，华山青崇崇。"可是夜已漆黑，华山的雄姿无法进入眼帘，只有火车站台上微弱的灯光在无精打采地闪着。火车到了巩义，他们说这里是"河南蛋"的地盘。我突然想起了"诗圣"杜甫。他流传千古的"三吏""三别"等名作在课本上早已学过，且背得滚瓜烂熟，他笔底波澜，经历了年少优游、仕途不顺、西南漂泊、江舟长逝的一生，他就出生在这个地方啊。我不由得伸长了脖子，隔着车窗向外望着，想在长河远去的岁月中闻到现实主义诗歌的味道。

有人说，在城市里向上数三代，他们的祖上都是农民。其实，在城市里，所有的人都来自农村。我的文化知识，都来自书本；我的生活常识，都来自农村。每个从农村走出来的人，包括我的同龄人，现在已经不是传统意义上的农民。我们的生存生活方式，我们与他人的交际礼仪，都在发生着翻天覆地的变化。所以，我的父母这一辈人，称得上是真正意义上的中国最后一代农民。

2

我决定开始写这本书，记录以父母为代表的农民走过的历程，于是在闲暇之时开始了和他们的聊天。陈年旧事，酸甜苦辣，更多的是勾起了他们对疼痛的回忆。每当母亲的眼泪在打转时，我就赶快把话题打住，因为她的内心，在我的提及下打开了尘封已久的闸门，引起了她对往事的再次回忆。在和父亲说起这些事时，他总是以简短的话语回答我，不愿多提及，且不停地叹息。我知道，他有自己的苦处。

20 世纪 50 年代，他们还是孩子，记忆中不是放羊，就是拾枣。还有隐隐约约间，在某些年份，大人们整天空着肚子还得下地。他们的没有欢乐的童年，已经在时光的蹉跎中远去，留下来的印象已经变得若隐若现，支离破碎。

60 年代，父亲开始上学。作为家里的长子，他背着花布书包，从村里庙门的土台子教室转到西头门，再到后来镇上的“地窝子”，总算读完了小学和初中，在村子里还算是有点学识的人。而母亲，作为外公的长女，没有读上几天书，就进入了那个时代女人应该承担的角色——烧火做饭、养猪割草、做针线活，不仅要伺候常年有病的姥姥，还要招呼一大家子人穿衣吃饭的日常琐事。

70 年代，他们在媒人的介绍下结了婚。自古以来，关中地区男女青年的婚姻大事全依父母之命、媒妁之言。结婚前，母亲只见过父亲一面。即使相亲这种双方见面的事情，都由外公和媒人做主，我们当地人叫“看过活”。这是媒人给母亲介绍的第二家人。第一家在今天的曹村，属于塬上。外公和媒人去吃了半碗玉米汤面条，半夜里睡在炕上被冻醒后，此事就不再谈起。后来，经过媒人穿针引线，母亲就嫁给了父亲。这事情也是外公和媒人的决定。母亲现在还清楚地记得，外公回家来啧啧赞叹父亲家牛马满圈、粮食满仓，虽然在一条偏僻的山沟里，但是不缺吃穿，不缺柴火烧，就同意了这门亲事。

80年代，父母已经是四个孩子的家长，且已经独立过日子了。正好赶上农村实行家庭联产承包责任制，父母和姐姐虽分到了土地，但种下的粮食仍旧解决不了温饱。母亲就进入了开荒种地的模式。我后来统计了下，沟沟洼洼的荒地，数十亩都是父母开垦出来的。就是这些荒地种的土豆、油菜、小麦，才让家里有了余粮，才解决了全家人的温饱问题。但是，吃上蔬菜还是个奢望，每天都是辣椒面儿和醋水水。

90年代，我们四个孩子都上了学，有读中专的，有读中学的，有读小学的。学费成了父母亲最挠头的事儿，常常让他们夜不能寐。家里的地，也不全部都种麦子，开始种一些经济作物，这才有了大片的油菜、黄豆、荞麦、胡麻和要忙活大半年的西瓜。每年到了暑假，我们就跟着父亲，去南北二塬赶集卖瓜，待到开学时才有了一沓沓毛毛钱积攒而成的学费。

2000年后，我们姐弟都逐渐走上了工作岗位。父母亲不再为学费发愁，但是他们种了半辈子的田地，越来越赚不到钱。父母亲开始了“后分居时代”，父亲常年进城打工，母亲给姐弟带孩子。2008年，家里的大门永远被锁上了，地也开始荒芜起来。这是母亲的心病，她一辈子和田地为伍，突然就这样离开了村庄。直到2013年，她带大了孙子，来到西安城里打工，有了每月不到2000元的收入后，她埋在心底要回家种地的念头，才慢慢灰飞烟灭。

3

2010年，红岩河水库工程开始启动，村庄里打工的人都不曾回来。

我走在偌大的村庄，空旷无声，剩下的人仅靠双手就能数得过来。他们有的已经年老，无依无靠，住着已经破烂不堪的半边窑，院落周围荒草萋萋，如果不是在傍晚，那孔半边窑上空冒起烧炕时呛人的青烟，我甚至都不相信他们还在这里。白天，他们已经没有力气去下地，就眼巴巴地坐在太阳坡里，晒着暖烘烘的太阳。这是他们心中最温暖的事情。有的虽然算得上壮年，但是早已妻离子散。曾经的妻子跟着谁跑了？现在和谁在哪里生活？本来应该去上大学的儿女，如今在哪个城市过着最底层打工人的生活？这些好像都不是他们关心的事情。他们总是闷着头，日出而作、日落而归地在那几亩薄地里刨着。那几亩靠天吃饭的土地算不上肥沃，但是被收拾得平整无比。这些地就是他们的生命，就是靠着这些地，他们在风调雨顺的生活中显得很是丰盈，但是在天旱不雨的年景里就显得捉襟见肘。能干些的人、能下苦力的人、稍微活泛一些的人都去了城里，就剩下这些低矮的窑洞、残破的土墙、打不起精神的树木、长满杂草的院落和空寂无人的村庄。山无言，水空过，一切都显得那么落寞。

史家河村临红岩河而居，依山而生。红岩河的水绕山而过，遇沟而流。红岩河发源于子午岭西侧，系泾河左岸一级支流，从甘肃省正宁县到陕西省旬邑县，流经安家河村、红岩河村、马家河村、林家河村、史家河村、师家河村、阎子川村，在高渠村汇入泾河，干流全长近 80 公里。也就是这条河，滋养了祖祖辈辈的乡亲，让一代又一代的人依河而居，依河而耕，延续着中国农业发展史上的农耕文明。多少年了，红岩河一直沿着村庄静静地流过。这些在村庄中生活的人，从祖先开始多是挖窑洞、傍水而居，直至今天，依旧少不了对河流的依恋。我们的祖先就在这里繁衍生息，一代代人老去，一代代人又在这里呱呱坠地。老去的人们在村庄里生活着，他们不知道在这河边地里走了多少次，犁地、割麦、种洋芋，从这片土地里刨着自己糊口的粮食，养育着儿女，直到老去进入坟墓，还躺在山根底的阳坡旮旯里，伴着不息的河流，看着高巍的大山，倾听着村庄的声音。

2012 年年初，我国城镇化水平已达到 51% ，进城务工农民达 2.53 亿人；与之相对应的，则是农村人口的逐步减少，1995 年我国有农村人口 8.6 亿，2010 年已降至 6.7 亿。这意味着我国城镇人口首次超过农村人口，对具有数千年农耕传统的中国来说，这是一道历史分水岭，也是一个大变局。从我们这代人开始，乡村里已经不仅仅是少数人才能进城，而是成村、成镇地告别农村，我们正在经历从乡土中国的末梢出发，迈向城市中国的未来。

然而，另外一个不争的事实是，城镇化也加速了我国村庄的消失。随着红岩河水库工程的推进，在史家河村生活了大半辈子的父老乡亲也将被挤进城里。相关部门最新的统计数字显示，由于工业化、城镇化进程的加速，中国的村落有的被合并，有的被整体迁移。据统计，自 2000 年至 2010 年的十年间，中国的自然村落由 363 万个锐减到 271 万个，就是说平均每天有 200 多个村落消失。而就是在这场史上最大规模的人口迁徙和布局重组中，农民们的“异地困境”和“融城尴尬”逐渐凸显出来，史家河村等村庄仅仅是中国城镇化进程的一个缩影。

文字描述的史家河地图

一

1

清《关中胜迹图志》载:“金白骥镇在邠州西北五十里。《九域志》‘新平有白骥镇’。”那里曾出土过书有“白骥驿”的砖志。明代设白吉里，清代属祥发里管辖，1929年由北前区辖祥发里，1941年设立北极乡，1950年5月属义门区里村乡和北极乡管辖，1956年复设北极乡，1958年8月设北极人民公社，1984年设北极镇，为陕甘两省交通要道。史家河村属于北极镇最偏远地区，交通不便，土路凹凸不平，遇到雨雪，行走极为不便。唯一一条盘山路，还是五六十年代开辟的。改革开放以后，史家河村下设四个村民小组，一、四小组的人均在红岩河北岸边居住，以土坯房为主，属于河岸台地；二、三组的人均在半山腰，以依山窑洞居多，居住条件较差。一条红岩河自东向西流淌，成了北极塬和新民塬的分界线。红岩河边，有90年代修建的高安公路穿村而过，是全村通往县城的主干道，今因移民搬迁，修建水库，史家河村至高渠段已基本废弃。

史家河的中心，是一所学校和一座庙，庙边上是村里的大场院，村委会曾经就设在场院边上的变电房里，所以多年来这里都是村里的信息传输中心。村上开全体村民大会在这里，全村选举在这里，全村孩子上学也在这里，这里是全村唯一的根据地和地理标识点。

史家河一组分为村里和滩里，两个片区以河渠东西岸为分界线，这也是史家河常住人口比较多的地方，以史姓为主，有个别迁徙户。先说村里，村里又由西头、湾子、旮旯、狼渠、园子这些片儿组成，每个地方，都是同一脉亲族关系繁衍下来的一户户人家。西头那片的人，在全村来说，辈分较高，一个和我年龄相当的人，论起辈分来，我也得礼貌地喊声叔。那片人中，由战民、战盈、战西、战文四兄弟及金峰家、小建家、应进家组成。战民四兄弟一辈子都务农，如今也是六十岁上下的人，原来均在西头的大院子里居住，每家分得祖上的窑洞一孔，我小时候还去过几次。战民家、小建家、金峰家至今还住在祖上的老窑洞里。90年代，战盈在其祖屋下重新挖窑洞三孔，居住至今。战民三兄弟儿女均各一。战民家女儿已出嫁；儿子初中毕业，外出打工，后在镇边做了上门女婿。战盈家儿子高中毕业，考了大学，从事工民建行业；女儿初中毕业，外出打工，已出嫁。四兄弟中，战文年龄最小，属70年代人，曾在沿海和西安一带打工，至今仍在西安谋生。

顺着西头门下的胡同继续走，就到了旮旯，这也是我的家族生活的地方，包括住在地窑的我海荣伯弟兄三家。明学伯家、宝宝哥弟兄等已经出了五服的族亲，儿女均多，自小受苦，大多已通过读书走出了农门，从事教师、园艺、医疗等不同的职业，且事业有成，成为全村人教育孩子的榜样。宝宝哥几年前因故去世，其弟至今未婚，陪伴着他们年岁已长的老母亲搬至村中的学校借住。宝宝哥门下，是玉英姨家，玉英姨老伴去世早，也属于外来户，因与我们祖上关系密切，后来就加入了我们家族。玉英姨家的大儿子小民，早年在烟厂上班，住在县城里的居民楼上，90年代买了东风汽车跑运输，挣了不少钱，后来车辆出了事，基本赔了个精光。后来小民回村，承包了红岩河河滩的几十亩地，雇请村民栽苹果树和梨树，聘请人来种西瓜，伺候了几年，果树也未成气候，再加上虫害，几年后就不了了之了。其弟会民，买了拖拉机，四处揽活，靠着勤快，挣了些辛苦钱，日子倒也过得和和美美。

从头咀子向东继续走，到了狼渠。狼渠在小洼山半山腰上，属两座山山坳连接处。有兴民弟兄，以祖屋为伴，还在居住。过了狼渠，有西西、西元兄弟，金科家、社娃家和贵喜兄弟等家居住。西西兄弟头脑灵活，在村中最早购买农用拖拉机，在农忙时犁地、碾场，解决了许多村民耕地、碾场难的问题。西元曾经在肉联厂打过工，有屠宰和烹饪手艺，每到冬闲，提上刀具，走村串户，杀猪宰羊，遇到村中邻坊红白喜事，就被邀请去当厨师。七个碟子八个碗的菜肴，就凭着他一勺勺地在黑黑的大铁锅里翻炒。其妻长得有几分姿色，且生性开朗，当年由金庸武侠小说原著改编而成的古装电视连续剧《射雕英雄传》上演，可谓家喻户晓，演员翁美玲是许多人心中的偶像，因此许多人称其妻为“翁美玲”。

金科家就剩下了他一人。他母亲早年手艺较好，纯手工制作的玩偶在南北二塬的集市上备受欢迎，尤其是在每年农历三月初八的大佛寺庙会上，来自各地的人们都喜爱至极。就因为这个手艺，金科家是全村最早购买电视机的人家之一，全村男女老少大多有在他家看电视的经历。金科的母亲因交通事故而丧命。金科长大后，在外打工几年，精神受到较大伤害，回村后疯疯癫癫，后来竟点火烧毁了家里的粮食。后来他的父亲过世，他就成了无家可归的人，整天衣不遮体，夏秋靠田地里的果实裹腹，春冬以邻里赠予、出门讨要为生。近几年，有关部门对贫困户进行照管，算是基本解决了他的生计问题。社娃家一辈子日子过得清贫。社娃在世时，是个热闹人，说话声音洪亮，人也长得排场，后来在去新民街赶集的路上，搭乘蹦蹦车，下坡时机械失灵，从半坡的深沟里坠下，失去了性命。社娃的婆娘东莲，一辈子患有顽疾，之后也在病痛中去世。社娃有两个儿子，老大电大毕业，在县里当教师；老二常年在外打工，自己努力娶了媳妇，算是安了家，老二和所有出外打工的人一样，虽然常年在外，甚至几年也不回村，可是户籍和田地还在村里。贵喜在村里的小学当过教师，后来够公办资格的都转了正，不够的被清退，贵喜是那年离开学校的民办教师之一。他们一家子个子都高高大大，但说话声软软绵绵，有些有气无力的感觉。他的儿子初中未上完，就外出打工，后来在镇上的人家做了上门女婿，在街上以卖菜为生。两个女儿书也没读多少，大女儿和我同班，四年级读完后，镇上合并学校，她就此失学，去外地给亲戚家做保姆，至于后来嫁到哪里，已经不得而知。贵喜的弟弟叫贵民，会木工，也是个能工巧匠，如今在县城里四处跑着给人装修房子。他在县城里开了建材店，由老婆每天照看着，生意很好。我写了许多关于村子的文章，大多在网上，他的老婆就每天在店里上网看。母亲有次回去，见了，人家说有天正在读我的文章，店里来了顾客，要买东西，人家说忙着呢，改日再来吧。这是母亲从县城回来给我笑说的，看来我影响了人家的生意。这是后话。

从金科家的门口下来，就到了城上。所谓的城，其实是史家河遗址的城堡，城堡两面为深沟，具有防御的作用。后来在有关地方史志上见有记载："史家河遗址，清代，地址东西约60米，南北约50米，面积约3000平方米。现存一段东西向的堡墙，长约20米，高5米，墙基厚1.5至2米。堡墙夯筑，夯层约0.06米至0.15米。"听老人说，城堡在五六十年代还有城门，堡墙浑厚，因当年农业社取土修路，堡墙就慢慢被破坏了；城门历经久远，门框的石条被埋在了地下，木门框被当作柴火烧掉了。那时候文物保护工作节奏较慢，加之农民保护文物意识淡薄，造成了无法挽回的损失。试想当年，这座城堡依山而修，因势而起，是当时百姓为自保太平而筑成的坚固屏障。从城上下去，就到了湾子。"湾子"名字的来历，也因地形而得名。就在这里，红岩河的河床拐了一个大弯。有忠缠家族、群庄家族、狗毛家族、赵氏家族等居住在这里。忠缠家有两件事全村妇孺皆知。80年代末，我正在上小学，村上的小学来了新校长，四十来岁。忠缠的妹妹彩霞，还是个大姑娘，在学校里当教师，后来和校长谈起了恋爱。谈恋爱当时在农村是件新鲜事，对于史家河这个封闭的村庄来说更是少见，许多人会以世俗的眼光说一些酸溜溜的话。忠缠的父亲九喜，一辈子喂养牲口出身，大串脸毛胡子，老汉气得满面通红，不同意这门亲事。彩霞后来和校长结了婚，有了孩子，九喜老汉才慢慢消了气。另外一件事，更是令人唏嘘不已。90年代末，忠缠家的两个女孩子，长到了三五岁的年龄，正是讨人欢喜的时候，却在一个冬天里突然连续夭折。村庄里常常传来悲悲戚戚的哭声，给冬天的村庄罩上了一层消散不去的阴云。我们这些孩子，天不黑就快快地回了家，不敢在外面疯玩到半夜。今日想来，孩子应是患上了急性病，加之没有到有条件的医院治疗。更有甚者，当时有孩子病了，迷信的老年人往往请来算命的神婆、阴阳先生等，结果耽误了治疗时间。几年后，忠缠的媳妇再次生育，之前忧伤的记忆才随着时间的消逝而慢慢远去，一家人的脸上才有了久违的笑容。还有个事情和忠缠有关，就是被人骗了钱。修建高安公路那几年，有个陕北的老板，人称“马老八”，承包了一些桥涵工程的活儿。在村子里做工期间，他和忠缠他们混得很熟，后来就让忠缠入股一起赚钱。忠缠借遍了亲戚朋友，投资进去，结果工程完工，马老八也远走他乡，联系不上了。忠缠投进去的钱打了水漂，十多年没有翻过身。

群庄是村干部，到现在还是。他四十多岁时，老婆生下了小儿子；去年冬天，小儿子成婚，他在城里的饭店置办酒席招待了全村人。我的弟弟也去了，他代表父亲随了礼。那时候大家都在村庄里居住，相互招呼一声，就都提前去帮忙，现在许多人家都四散而去，就得一个个挨着打电话。之前在村庄里举办婚礼，现在在县城的饭店里举办婚礼，细枝末节的传统流程已经简化了不少。群庄的弟弟叫新庄，是我的初中物理老师。他一米八几的魁梧身材，宽阔的面庞，戴着一副黑框眼镜。他是村里人，我在上初中时，帮助我好多次。学校里收费用，我没有时，就去找他借，借到后交了，周末回家取了钱再还。五块十块的，经常如此。后来新庄进了县城做教师，我再也没见过他，可是还是得记住人家的好。

狗毛家老婆是得了乳腺癌去世的，已经好多年了。狗毛是绰号，人家大名叫“明儒”。明儒绘得一手花鸟山水画。过去村里人给儿子娶媳妇，必须得做上几件上好的家具，例如箱柜桌椅等。家具做好了，就请明儒在家具上装饰性地画上几幅画，家具看上去就更加有些摆设的意味。我的父亲和母亲结婚时，唯一的结婚家具——一口木箱子，上面的花鸟画就出自明儒之手，至今已四十多年，依然色彩斑斓，不失体面。有道是“悟到深思处，好画自然成”，听父辈的人说，明儒没进过学堂，自小在山中放羊、林中砍柴，看来他学画是从大自然的鬼斧神工中悟思而来的。明儒家有一儿一女，儿子在外打工，女儿远嫁北京。90 年代正值学电脑热，女儿夫妇从北京回来，在县城开了家电脑培训学校，很是火热了好几年。

赵氏家族弟兄三个，是一组唯一的外来户。大哥向子，一辈子务农，原来居住在一组和二组连接处四坡巷的矮窑洞里，后在湾子盖了五间大瓦房。家里四个孩子，三女一男，孩子们读书都很好。他家种的地山地居多，劳力偏少，家境一般，三个女儿读完中小学就回家帮家里干起了农活。其中有一女儿名叫赵小绒，姑娘长得单薄，扎着两根麻花辫，但学习成绩总排在前几名，每年学校开表彰大会，都会上台领奖，这是我现在记起的小时候在学校领奖时最深刻的画面。男孩儿名叫建强，学习也很好，中考时仅差三分就可以去省城上中专。中专落榜，上了高中考了大学，现在在外地做教师。二哥忠民，一辈子在煤矿工作。在我的记忆里，他总是穿一身中山装，戴着蓝色的帽子，中山装的左上兜别着一支明闪闪的钢笔。现在在新民街买了房子，已搬迁入住。三弟全民，现在也是五十多岁，在百子沟煤矿下井多年，弓背弯腰，去年还在村里见了一面，已是头发花白。

后来从祖窑里搬出来，在园子盖新房的分别有栓稳家、金贵家、应进家、书课家和扁娃家等。园子位于河渠东岸开阔地带——高安公路边、红岩河北岸，是新建庭院的最好位置。栓稳家辈分高，是我的爷爷辈儿。他是村庄这么多年的村医，常常背个棕红色的药箱子走在村里的许多人家。栓稳家原来在狼渠下面的旮旯里，比我祖上的老庄基高了一个崖头。他家的窑门上歪歪扭扭地写着：史家河村卫生室。他的一双儿女都自费学了医学，在城市的医院里工作。他的药箱子还是经常被人背着，他嘴上的烟锅吸得咝咝作响。随着一组的人慢慢搬迁，谁家有个头疼脑热的，只能上塬求医了。金贵家位于高安公路南边，几间大瓦房坐东朝西，他也是村子里买拖拉机最早的几人之一。前些年，他一直在煤矿干苦力，后来受了伤，就不再去了。他家原来住在狼渠去四亩岭的最高处，门口有一条陡坡，架子车一个人使尽力气都拉不上去。书课和扁娃都是我出了五服的父辈，他们两个都死于非命。他们两家在头咀子时，就是一墙之隔的邻居，住的是祖上的破窑，后来窑塌得厉害，才选择在园子盖了新房。新房虽然盖了，但是生活没有得到改善，后来还没来得及享几天清福，就匆匆忙忙地离开了这个世界。书课死于那年深冬，他从集市上回来，骑着自行车从小洼山的陡坡上下来，自行车掉在了沟里。半夜里家人等不住，找遍了亲戚，也没有找见。第二天才在小洼山的沟底找见，人已经没有了呼吸。书课的大女儿已经出嫁，大儿子也已工作，小儿子还在上学。如今他婆娘已经改嫁，但还是两边跑着照顾家庭，收种庄稼。扁娃死于农药中毒，农药是自己喝下去的，没有抢救过来。他日子过得恓惶，一辈子生下了四个女儿，都没有读过几天书，且都已出嫁。小女儿出嫁后，他总觉得心里空落落的，便抱养了个儿子，起名叫聚宝。聚宝先天性痴呆，养育了这么多年，却成了经常和他打架的人，加之老伴儿慵懒，他一时想不开，就用农药了却了自己的人生。埋葬时，还是弟兄侄儿们凑钱置办的棺木。扁娃死后，老伴儿和儿子依旧守着那几间瓦房，缺衣少穿，整天浪荡于村中。这次搬迁后，他们也要进城，衣食住行这些基本的生活保障，将如何解决呢？

2

河渠的西岸，是一组的滩里。这里最早没有住户，都是史家河的田地。后来各家族的分支越来越多，就到滩里挖了窑洞居住。最早来此居住的有录录家、明道家等。目前滩里的居住形式呈阶梯状，居住在平坦地带，自东向西分别有三叔家、大伯家、全明家、京道家、高明家、应振家、二叔家、喜明家；居住在第二阶，自东向西分别有明道家、富民家、金录银录兄弟家、战怀家；居住在第三阶，自东向西分别有战西家、民儒兄弟家、录录家、宏道家和我家。我家位于一组滩里的最西头沟边。史家河村学校位于滩里正中间位置，已有半个世纪的历史。就是这不到 20 户的人家，成了曾经史家河村核心地带的重要组成部分。

滩里最东头的河渠岸、红岩河边的土台上，有一座关帝庙，坐西向东，土木结构，硬山灰瓦顶，五架梁，是村庄最明显的标志。后来高安公路从旁边穿过，知道的人多了，香火也就旺盛了起来，常有人来跪在庙里的祭台前，磕头作揖，虔诚不已。庙始建于何年不详，据史志记载，清宣统元年（1909 年）重修。面阔 9 米，进深 6 米，内有金柱，二副梁上有驼峰，中檩上题有“大清宣统乙酉二月二十二日喜逢黄道立柱上梁大吉大利阁舍全义重修”字样。庙内有清立功德碑一通，南北两侧墙上残留着彩绘壁画。我问过许多老人这座庙的来历，都说不清楚。老人们说他们一辈辈地出生下来，庙就一直在那里。在我的记忆里，这庙近 40 年就修葺过一次。前些年，每逢春节，村里都会有人去庙里烧香，送上贡品，祈求风调雨顺、牛羊满圈。这些年村子里人少了，庙也就清静了下来。

录录家是第一户在滩里挖窑洞的，他的家族属于西头的族脉，和金峰弟兄是亲伯叔兄弟。录录的父亲名抗战，个子低，人精干，走起路来步伐很快。他属于抗日战争时期出生的人，其名字具有时代特色。他在世时，我喊他三爷。从西头搬到滩里来，他在半山的旮旯里选了一处庄基地，挖了三孔窑洞，一直居住到去世。三爷还会做麻绳生意，也是村里该生意的最早入行者，从种麻、割麻到将剥下来的麻做成各种农用绳，步行到各乡镇的集市上卖，他都井井有条、头头是道。后来他老了，就在春夏秋季节里放牛，无论刮风下雨，总是赶着牛羊走在田间地头，身上不是披着塑料袋子，就是戴着那顶已经老旧不堪的帽子。录录没弟兄，在村委会干会计出纳之类的工作，已有好多年。他一女两儿，女儿嫁到了县城；大儿子大学毕业，在西安某铁建系统上班；二儿子在县城里生活。只有他和媳妇在家。他家右上的土台子上，住着民儒一家。民儒是家里老大，其弟振民常年在西安打工，后来也和村里的其他年轻男人一样，选择做了上门女婿。民儒的父亲去世早，在我上小学时有一天下午，他的父亲在山顶砍柴，从我家门外的沟里掉了下来，没了性命。其母名“王老虎”，这是这么多年来大家私下的称呼，现已七八十岁。听说他的母亲做过农业社的妇女队长，颇有威信，办事雷厉风行，因此得了这个绰号。我至今还能记起，她手腕上有年轻时刺下的梅花图案文身。

今日年轻人文身者多，皆为追随时尚；而她年轻时为旧时代，爱美之心在农村比较少见。民儒和村里许多男人一样，最早在煤矿下井，靠着自己的苦力挣辛苦钱。后来腰部受了伤，就回家种田。他的老婆前几年刚因病去世，留下了三个半大不小的孩子，他又做爹又做娘，艰难的日子中还得把孩子们拉扯大。

战西家位于滩里的最东头。他是90年代末购买了元元家的那几孔窑。在未搬到滩里之前，他家在村里西头的祖屋。元元是京道的兄弟，他会厨艺，年轻时在县里的机关食堂做厨师。在我小时候还未吃过姜这种调味品时，他家的孩子已经拿着姜就着白馍吃。后来塬上的村庄有入户指标，他就花钱买了庄基地，全家迁移了户口，搬到新民塬上居住，算是改善了自己和下一代的居住条件。他搬家时最小的女儿还抱在怀里，如今小女儿的孩子都上了小学。我记得搬家那天，车上装了粮食袋子、檩条棍子，还有能用上的家当，满满地装了一车。车要走的时候，元元和哥哥母亲抱作一团，哭得肝肠寸断，车久久不能发动。元元搬走不久，战西就搬了进来，从西头搬到滩里。他家原来的窑洞已经无法居住，购买了那几孔大窑，才算是安下了身。

金录银录弟兄两个，属村里西头族户的分支，也是最早搬到滩里挖窑洞居住的人家之一。他们的爷爷奶奶是在我上小学时去世的。老太太一生是缠足的小脚，爱干净，把家里收拾得井井有条，每天早起，挪着小脚一笤帚一笤帚地从里扫到外，纤尘不染。

缠足，这一中国独有的文化现象，有学者考证始于五代时期，消失于清末。在那个把缠足当成妇女的美德，把不缠脚当作耻辱的时代，女人们会因为有一双天然大脚而受尽嘲笑。听老太太说过，她们五六岁就开始缠足，其方法是用长布条将拇趾以外的四个脚趾连同脚掌折断，然后弯向脚心，形成“三寸金莲”。老太太说，她缠足时，整整哭了三天，哭得死去活来。但是家人说，如果不缠足，将来就嫁不出去，就成了没有人要的姑娘。她一辈子裹着小脚，行走不便，还得为生计而奔波，付出的艰辛远远超过了天足的女人。金录死之前，一直在煤矿挖煤。他的媳妇春娥就带着两个孩子住在路村的娘家。大儿子几岁时，感冒发烧，媳妇就抱到娘家村里的诊所。赤脚医生进行了简单的询问后，便为孩子进行了注射药物处理。在注射后的几分钟里，孩子突然口吐白沫、嘴唇发紫，继而不省人事。一个小生命就这样瞬间消逝了。孩子夭折后，埋在了红岩河南岸路村北坡的洞子沟。金录后来死在了煤矿周围村子的水井里，听说是一大早去挑水，人和挑水的桶都从井口滑了下去，待后来挑水的人发现，已经没有气息。金录死亡的消息传到村子里时，是刚吃上早饭的时间。当时农村人一天只吃两顿，一般早上在十点，下午在四点；农闲时节，更早一些。正值寒冬腊月，寒风凛冽，一夜的风让整个村庄蒙上了灰沉沉的风沙。金录的兄弟银录，开始在村子里张罗人去挖墓。坟地选在了自家位于十二栓的麦地里，和我奶奶的安息地不是很远，都在一条宽埝[①]，只是东西方向不同罢了。过了两天，匆匆挖就的坟墓已经修好，金录的棺材就被运了回来。在滩里的十字路口，银录带着金录唯一的儿子，烧了纸，叩了头，摔碎了烧纸奠酒的瓦盆。村里的人就跟着拉棺材的车，顺着高安公路向坟地里走。埋葬了金录后，金录的媳妇春娥在自己的家里哭号了好几天，就带着自己的儿子回了娘家，从此再也没有回过家。金录家的大门上挂上了大锁，如今已是锈迹斑斑，蛛网织满。听说春娥后来改了嫁，找了个人过不到一起，又离了婚。再后来，又将自己嫁了出去，还生了个孩子，过上了普通农妇的正常生活。

应振家住着几间大房，他虽和我爷爷一般年纪，但是由于辈分低，我喊他老哥。他家原来在村里头咀子下面的皂荚树底下，住着两孔破窑。后来他的族亲转琴在火电厂里上班，全家搬到了城里，他就将人家的院落买了下来。他有四个儿子、两个女儿，老大和我父辈的年龄相差不多，学医出身，擅长较多，从镇卫生院到县中医院，后来还做了医院的工会主席，副科级。在县城里，县领导是县处级行政级别，一般人在退居二线之前，能干到副科级干部，已是优秀至极。二儿子年轻时外出打工，听说去海南岛种西瓜好几年，后来结婚生子，学了驾驶技术，开过轿车，跑过运输，至今还以此谋生。三儿子一直务农，智力较弱，好不容易娶了个媳妇，几年内生了两个女儿，媳妇外出打工后再也没有回

① 宽埝：陕西方言，指黄土高原沟壑区细而长的台地。埝，读 liǎn。

来过。二十多年了，他仍然还是光棍汉，种下的庄稼也收成不好，后来甚至连自己的温饱都解决不了。他出门到西安打过工，干了几天跑了回来。从西安到彬县，几百里路上，他困了躺在路边睡觉，饿了以路边的瓜果充饥，历时多半个月，摸索着回了家。他的两个女儿已经长大，大女儿初中没上几天就外出打工了；二女儿学习很好，现在已是马上要参加高考的学生。应振的四儿子在县城里做教师，很有学问。当年高考录取比例低，他也是点灯熬油，连续复读几年，才改变了自己的命运。应振老哥的两个女儿，老大十七八岁在上中学时，暴病而亡。女孩子家年龄小，匆匆埋在了北坡老坟底自己的地里。女儿死亡，老哥的老婆莲花嫂子不分昼夜地在村子里的土壕边大哭不止，“会子会子”地叫喊了好几年。莲花嫂子是个勤快人，养牛养羊种药犁地，样样都很精干，是典型的农村妇女撑起了半边天。二女儿初中读完，外出打工几年，后来出嫁，每过段时间，就大包小包地拎着东西，来孝敬父母。

3

二组的人住得分散，大多姓史。在大洼山、小洼山和吃水沟一带的半山腰上，有顺都兄弟家族、西长家族、兴子家族、关奎家族等，交通和取水极为不便。顺都是民办教师，后转为公办，在史家河小学教书大半生，又调至西坡的村小学，现已退休。他右脚有点残疾。且不说桃李满村庄，至少七八十年代出生的孩子，大都是他的学生。他的儿子和我小学在同班级，后来史家河小学撤销五、六年级后，他在家里的墙上制作了黑板，给儿子教完了两个学年的基础课程。后来儿子考上了大学，专业是计算机，现在外地工作。兴子当过多年的村干部，尤其是70年代末80年代初，担任村主任和书记。在还未分田到户之前，农业社的大小事都由他说了算，对社员的按时出工要求严格，这也是村里许多人对他更多的回忆。关奎是村子里唯一的兽医。这是门吃香的手艺，农村每户人家都养牛，且是最值钱的家当。牛难免有感冒肺炎、瘤胃臌气积食这种常见的病症，甚至有母牛生了牛犊，胎衣不下这种病。牛得病，久卧不起，不进草料，农民们就开始着急上火。只要有人登门邀请，不论时辰，关奎都会快速赶去，详细查看，并对症下药。几服中药煎熬了，给牛灌下去，不过几日就转危为安。

几年前，县里实施土窑洞搬迁工作，二组的大多数人都告别了原来的地方，搬迁到了山顶上的平坦地带，修建了新房，过上了原来做梦都没有想过的生活。

连接一组和二组的两座山之间，有一股神泉，叫吃水沟。听老年人说，神泉原本不在这个沟底的石岩下，而是在山背后。那时水很旺盛，村里人怎么挑，水都是满的，且夏天冰凉，冬天永不结冰。村里人都像照看自己的家一样，不让牛羊在里面撒尿，不让妇女们在水里洗衣。有一天，一名疯疯癫癫的女子在神泉里洗了不干净的衣服。衣服还没洗完，神泉的水就突然下了，半天后从现在的地方流了出来。有老年人说，疯女人的举动惊动了水神，水才干了的，会遭到报应。水干了后，村里的小伙子把疯女人揍了一顿，扔在了村外的荒野中。神泉自从在这个沟底的石岩下出现后，水比原来小了许多，但还是日夜流淌着，无私地滋润着祖祖辈辈的父老乡亲。

4

三组大多在史家河北坡的半山腰，住户比较杂，有史姓、景姓、田姓、纪姓、窦姓、杨姓等。他们分别住在党家掌、田家窝、纪家湾等。一个族脉的人，构成了一个集聚点。史姓多为一组旮旯族系分支及西头族系分支。除史姓外，其他姓氏多为外迁户。外迁户多是祖上来史家河村承包种地、养家糊口，后来便随遇而安，挖了窑洞，倚山而居，繁衍开来。他们的祖族大多在塬上，塬上在旧时良田少，人口多，吃不饱饭，有人就携家带口，到河川里去，承包田地，种植庄稼，维持生计。河川虽交通不便，但荒地旱田较多，撒下的籽种都会长成庄稼。后来也有人回迁了去，但许多人还是对这片田地多有依恋，就子子孙孙地留了下来。田姓人家有智民兄弟家，纪姓有玉民兄弟家，窦姓有战杰家，景姓有囤子兄弟家。智民弟兄三人，老大娶了媳妇，生有两子，从祖屋里搬了出来，借住在别人的一孔窑里，会木工，会修剪果树，以务农为主。老二的年龄超过四十岁，还没娶上媳妇，去了煤矿下井挖煤，过一年半载地骑着自行车回来，照看下家务，后来经人介绍，与煤矿周边村子一五十岁妇女结了婚。妇女的丈夫因煤矿瓦斯事故失去了性命，一个女人家带着三个孩子。她与老二的再婚，算是再次找到了养活全家过日子的人，儿女也欣然同意。到如今，日子就这样继续着。老三腿脚不灵便，走起路来一瘸一拐的，小学读完后就回家放牛割草，一直到了三十岁，娶了媳妇。媳妇来自南塬的某村，彩礼十多万元，人长得高高大大，但患有智力障碍，做饭烧柴火能把锅里的水烧干，家里几次差点失火。老三每天就陪着媳妇，成了其“大脑中枢指挥部”。过了几年，老三的媳妇生了孩子，也由老人照顾着带大，算是给老田家添了香火。

杨姓、景姓外迁户中，杨姓男人日子过得可怜，多半辈子都在半山上的黄土坷垃地里刨食吃，除去世时穿了几件完整的单衣外，生前没穿过一件不打补丁的新衣服，连个温饱都没解决。他后来在家服毒自杀，以这种绝情且坚硬的方式，永远地解脱了自己心底沉重的压抑和负担。他的儿子低我两级，小学念完就早早地加入了外出打工的大军中，学厨师，掌大勺，这些年生活有了很大起色，算是对父亲的慰藉。杨姓的婆娘后来改了嫁，没几年又回来了。景姓的人家，虽名为囤子，是粮食囤之意，希冀五谷丰登、粮食满仓，过上富足的生活，但是景姓家族的日子一直不温不火，在温饱线上挣扎着。景姓儿媳妇抛夫弃子、远走他乡的事情曾在村庄里传了个遍。后来，妇女离家出走的事情，像瘟疫一样在三组的好多家庭蔓延不止。她们有的在外打工，有的已经跟了别人，都失去了跟家人和亲戚的联系。她们年轻时，在传统的生活中受媒妁之约，嫁到了史家河，但是随着社会变迁，出外打工的人群不断增多，她们接受了外面世界的引诱，就选择离开，去过另一种生活。

住在三组的史姓中，有我远房的伯叔喜子一家。他们原来住在一组村里旮旯的祖窑，后来搬到了三组。喜子的父辈在北极镇上开了百货铺子，父辈去世后，喜子一家就继续经营着。我在镇上的中心小学上学时，镇上商铺的形制还是一层平房，铺子一家挨着一家，百货、食堂居多。喜子的商铺也是村里人给孩子送吃食的周转地。每到三、六、九日，北极镇逢集，来来往往的人水泄不通，喜子的百货店也是生意兴隆。我们都是在学校寄宿的孩子，每逢集日，家人都会让赶集的人给我们捎上蒸馍袋子，那可是多半周的口粮。赶集的人来了，就把蒸馍袋子放在喜子的百货店，说那谁谁家的孩子来取，喜子就接了，放在百货架子后面。我们每逢集，如没有了吃食，就沿着街道去喜子的百货店，问家里是否捎来了蒸馍。如有，接过来就提着回去，美美地吃上几个；如无，就垂头丧气，咽着口水，再沿着街道无精打采地回到学校里。喜子的百货店，关闭于北极街道改造的那几年。关闭后，喜子也就回家务农种庄稼。喜子伯有五个孩子，四女一男，男的长得高挑帅气，女的个个都是美人坯子。喜子伯婆娘好吃懒做，其风流韵事那些年风一般在村子里传播。大女儿早早地出了嫁，二女儿当年是百货店里账算得最好的一个。深在闺中的大姑娘爱面子，听不下去那些碎言乱语，二十岁那年从自家几丈高的崖坝上跳了下来，救下来命虽保住了，精神却失常了。后来也找了个人家嫁了，再后来精神疾病日渐加重，整天漫无目的地顺着红岩河的河川四处游荡，饿了讨饭吃，困了就睡在路边的烂窑，这么一天天地过到了今天。有人给她饭吃，她吃着骂着，骂自家丢脸的那几个人。她的记忆一直停在以前的世界里，那些伤风败俗的事这么多年都没有从心底抹去，这也是她内心世界最深刻的痛楚。喜子伯的儿子读了多年书，后来在乡镇上工作，几年后娶妻生子。妻子后来也跟着别人跑了，远走他乡，还带走了孩子。他患上了精神分裂症，整天思儿心切，打砸物品，后来变得终日不语，窝在家里四门不出，彻底与世隔绝。家中变故，喜子伯想不开，有一日在离家不远的核桃树上上了吊，了却了自己的性命。村庄里唯一在镇上开办过百货店的人家，就这样慢慢散去，现在只剩下了喜子伯年老的婆娘和那个因失去妻儿而抑郁寡欢的儿子，在艰难地度日。

5

从一组向西走，过了缠门沟、油坊门，到了十二栓，再过个小河渠就到了史家河村四组，名为马家底。四组以马姓居多，史姓次之。马姓有儒子家、猪九家、民子家、堂子家、高民家等，他们都是一个族脉下的不同分支；史姓有金锁家等。史家河的四个小组，山沟相连，每个沟内有溪水流出，溪流成河，汇入红岩河里去。人常说，隔山不远隔水远，就是那几股溪水曾经给四组村民的生活带来过不少麻烦，直到后来高安公路修通，有了连接两岸的桥梁，才让百姓的日常生活省了不少心。没有桥时，四组的人要来一组磨面，或者去塬上的集市卖西瓜，在通过小河时，都要扛过来，再装到架子车上，力气出了不少。

马家底的马氏家族从何而来？回族马姓居多，故有着“十个回回九个马”之说。在历史上，北极塬自清中叶起，就是重要的回民聚居区。如今北极镇具有“十里东秦”之称的东秦村，均为马姓之人。马家底的马氏家族现在为汉族，但喜好养羊。先是一只一只地买，后来大羊生小羊，小羊长大再生小羊，羊的队伍就这样壮大起来。放羊的人多在红岩河南岸的凉山、北岸的白草山。羊越来越多，家家户户都是一大群，放羊的人早上出去，晚上回来，也就合了群。当羊在山上吃草的时候，羊就成了一大家子羊，放羊的人也就成了最能说得来的人。羊在山上吃草，人在碱塄边上闲扯。天刚刚黑，羊就从山上咩咩地叫着下来，每家的领头羊站在一边，各家的羊群也就分开了，在自己主人的带领下回了家。堂学和他的父亲，就一直干着放羊的营生。他腰里缠着滑子绳，一手拿着放羊鞭子，一手拿着短把镢头。每次在山上放羊，他都会收拾一捆柴火，然后背着回去，有时还能挖到草药，这叫“放羊挖药砍柴三不误”。

马家底对面的山之所以叫凉山，是因为山沟下的一池活水。水从岩上的石板缝里静静地冒出来，顺着石岩的纹路流下来，流在池子里。水冬暖夏凉，池子总是满的，但不往外溢，池子有多深，没人知道，看上去是一潭绿墨。凉山是过去农业社的主要粮食产地。每年快到夏收季节，农业社社员们就拉了粮食，牵了牛马，在凉山的大场上安营扎寨。收割和碾场得花近一个月的时间。男人们把麦子一捆捆地从地里背出来，拉到场里，套上碌碡；女人们做饭拾麦，赶上天气不好的时候，也拿起镰刀哧噜哧噜地割个不停。麦子碾完了以后，再用牛车把麦子一车车地拉回来。牛车在前面走着，人们扛着农具在后面走，只有一个个麦草垛守着冬天的凉山。冬天里要有人给牛铡麦草，凉山离村里远些，农业社就分了十几头牛拉到凉山场上的饲养组去喂。几个大麦草垛，经不住牛群日夜地饱餐，等不到第二年的青草上来，就剩下个垛底。

史姓主要是金锁、群才、平顺、长长四兄弟。我第一次看“灯影子”，就在平顺家。“灯影子”就是皮影戏，我们农村人习惯了，就一直这样叫着。平顺父亲去世了，八十高寿，儿孙们给老人演“灯影子”，也是给村里人演。男女老少从四面八方赶来，有坐在碌碡上的，有站在场边上的，也有蹲在板凳上的，就等着“灯影子”开始。“灯影子”以秦腔为主，演唱者和操纵者配合默契，表演技术娴熟。有好把式一手拿两个甚至三个，厮杀、对打，套路不乱，令人眼花缭乱。听母亲说，平顺父亲曾在黄埔军校读过书，给国民党当过勤务员，在国民党部队里受辱、受苦，跑回来后隐姓埋名多年，才娶妻生子、下地干活和上街赶集。老人晚年，留有一把未经雕饰的白胡须，不时用手捋几下，看上去有几分仙气。老人去世后，棺椁为上好松柏，重底重盖，精雕细刻，彩绘油漆；葬服为绫罗绸缎，里三层外三层。儿孙献猪献羊，披麻戴孝，亲戚赠旌赠帐，乡邻敬香敬纸，吊祭隆重。

金锁是唢呐手。唢呐手在南北二塬走俏吃香，当地人叫“吹手”。在农村，无论婚嫁还是老人去世，都喜欢图个热闹，俗称“红白喜事”，一般都会邀请唢呐手前来助兴，吹吹打打。只要有人办喜事，都会邀请他们前往。竹竿的唢呐，竿皆十孔，铜喇叭，手指按孔成调，功夫皆在于口、指、气的功底。金锁的弟弟长长多和其他人操持管、板、鼓、弦诸乐器，就组成了一个唢呐班底。尤其是在丧事上，《羯鼓曲》《雁落沙滩》《祭灵》之类的老曲牌更是赢得周边来随礼人的阵阵喝彩。父亲葬礼的时候，金锁哭成了泪人。他一会儿吊孝，一会儿给坟培土，后来拿起了长筒的唢呐吹起了《祭灵》。他凸起的腮帮像一个小皮球，布满泪痕的脸庞顿时红一块紫一块，两只眼睛瞪得巨圆，哀痛的曲子幽怨地在山间回荡。唢呐声中，是一群群来送行的人，老唢呐送走了许多人，为许多人的离去吹响了唢呐，而后人们这时又来默默地为他送行。力壮的男人们给坟头一锨锨地培土，妇女们站在一旁抹着眼泪，甚至比自己的老人逝去更加伤心。

群才是史家河现在的村支书。他早年在镇上的拖拉机站上班，后来站里没有了产业，他就做起了买卖，积累了一些积蓄。当选村支书后，他在县镇政府争取了资金，给村里修路。他从小生活在史家河四组，吃了不少山高路陡的亏，所以他最明白“要致富先修路”的道理。四组通往塬上旺安村的路加宽了，改变了几十年来机动车不能行驶的历史；一组北坡通往镇上的路也铺上了石子，成了名副其实的石子路。这些，在史家河村老百姓的心里，原来都是从来不敢想的事情。

群才的媳妇原来一直住在村庄里，后来也搬到了镇上的拖拉机站。她会做一手好茶饭，尤其是当地叫作御面的吃食手艺，更是令人赞叹不绝。御面原称淤面，别于凉皮，是豳地水土特有制品，相传为当年周太王古公亶父居豳时，夫人姜女所发明。姜女善于烹调，贤美聪慧，后古公亶父由豳地迁入西岐，御面的制作工艺也在西府一带流传了下来，并逐渐演化为今日的凉皮。周武王灭商建周后，亲自来到祖地豳国朝拜，钦点其曾祖母始创的淤面吃，由此淤面改名为御面。相传唐朝大将军尉迟敬德在古豳州带职垦田时，曾将御面献给了唐太宗李世民品尝，后被钦定为御膳房专用食品。清末，八国联军入侵中国，慈禧太后逃到西安，还亲点了邠州御面品尝。慈禧太后对御面倾情有加，源于她喜欢翻阅历朝案卷，对周人先祖豳地的历史和《诗・豳风》颇有研究，她还从古籍中查到了三千多年前姜女制作淤面的记述，并被淤面制作过程中“洗、淀、炼、蒸、切”的工序所吸引。就是这种吃食，自周至今，几千年来仍被民间的妇女们所传承，尤其是在适逢佳节之时，餐桌上必有御面，这也是招待亲戚朋友的上好食材。

这些年，马家底的人都慢慢富裕了起来，羊一群一群地卖，从原来黑而低的窑洞搬到了新房，买了摩托车。但也有年轻人不好好读书，过早地失学后走上社会，干力气活吃不下苦，干轻松活没本事，就和一些不三不四的人混在一起，偷偷摸摸地干些违法乱纪的事情。马家底因此成了派出所经常半夜来捉人的地方，但是十次来九次都扑空——这些小年轻都顺着河滩溜了。上次还听村里的人说，马家底那谁谁家大儿子，在外面打工挣下了零花钱，后来和出了五服的叔父的妻子有了大逆不道的奸情，被人发现后差点被打断双腿。后来两个人就商量了下，趁着天没亮，一前一后地离开了村庄，私奔上新疆的戈壁滩种西瓜去了，几年里杳无音讯。这件事让马家底曾经沸腾了一段时间，可是让那谁谁丢尽了人。老汉后来走路就一直没抬起过头。

第一辑

20世纪50年代至60年代

想起民国十八年

邓拓先生在《中国救荒史》一书中所言：“灾荒发生之结果，非但陷农民大众于饥馑死亡，摧毁农业生产力，使耕地面积缩小，荒地增加，形成赤野千里，且使耕畜死亡，农具散失，农民与死为邻，自不得不忍痛变卖一切生产手段，致农业再生产之可能性极端缩小，甚至农民因灾后缺乏种子肥料，致全部生产完全停滞。凡此种种现象，无不笼罩于灾荒区域，其所表现者，非仅为暂时之生产物减少，而实往往为长期经常之生产事业之衰落。换言之，灾荒最直接之结果，即造成整个农村经济之崩溃……”

我曾祖父那一辈是那个时期的经历者，他们弟兄三个，老大和老二都没有儿子，老三两个儿子，就是我的爷爷和他的哥哥。老大和老二后来在乾县一带抱养了儿子。老大的儿子就是我的小爷，他一辈子都住在那个叫大洼的山上，位于一组和二组接壤的地方，前不着村，后不着店。他死于我十岁那年。他去世后，我作为孙子辈儿，还参加了丧礼，小小的脑瓜上被大人缠上了白色的孝布，这是我记忆中第一次参加老人的丧事。老二的儿子，在家族里排行老八，就是我的八爷，也死于我上小学时期。他死之前，一直住在和我爷爷同院的老屋。说是同院，其实就是弟兄们在分家时分得的一孔破窑。几个儿子轮流供养着，饥一顿饱一顿地瘫在炕上，受了些罪。

我的小姑奶奶，已经九十多岁的高龄。她年轻时嫁到了县城里，姑爷当时在县里做官，生活较好，现在仍被几个表叔照顾有加。她至今还能清楚地记得，民国十八年（1929 年）左右的一天，他们听说自己的伯父要领外来的儿子回来，就早早地在凛凛寒风中守候着。太阳快要落山时，我的八爷穿着绸缎棉袄，戴着呢子礼帽，在大人的带领下来到史家。八爷虽然已经长成了少年，但宽大的衣服下，掩饰不住的是面黄肌瘦，脸上还有一片片的皮癣。家里已经早早备了吃食，在锅里热了又热，就为了这个来自异乡的孩子能吃上一口热乎饭。那时，乾县一带的人因年馑缺吃少穿，衣不蔽体，食不果腹，不得不卖儿卖女，留下一条活路。据《乾县志》载：

民国十八年，大旱。夏无收，秋歉收，斗麦价六七块银圆。老弱饿死，壮者逃散，弃耕土地占总耕地的70%。

民国十九年，秋禾仅数寸，蝗虫成灾，遮天蔽日，声如风吼。落脚糜谷玉米，嚓嚓有声，大片秋苗，顷刻殆尽，及至秋后，颗粒无收。

后来八爷说，那年腊月中旬下了一场大雪，积雪二尺多厚。快过年了，人说“瑞雪兆丰年”，可这场雪不是兆丰年的瑞雪，倒给人们带来了更大的生活困难。大雪封了门、封了井、封了路，年轻人都逃荒走了，家里留下老弱病残，扫不动雪，走不动路，没有水吃，没有柴烧。没水吃可以化雪为水，没柴烧可就艰难了。老弱病残在冰窖一般的窑洞里度日，不少人在冷冻饥饿中死去。

灾年开头，人们吃麸皮、油渣、豆饼、干苜蓿。这是陈年积攒的牲畜饲料，这时候只好让人吃。干苜蓿怎么吃？人们用铡刀切碎，在石碾子上碾成粉末，再用粗罗一过，做馍做饭吃，既涩且糙。后来就连这一点儿也没了，全吃野菜。野菜吃完了吃野草。老人们先尝，无毒了才让娃娃们吃。天不下雨，干裂的黄土地连野菜野草也不生了。关中人总是“好出门不如歹在家”，忍饥受冻不出外，这下实在没法子了，只好外出讨饭。天下富人少，穷人多，饭讨不来，多少人活活饿死。

年馑，指的是连续一年三个季节未收庄稼。听说民国十八年的年馑，是三年六料基本没有收成。据近代大量史志和报刊资料记载：民国十七年（1928 年）陕西始露旱情，夏季二麦歉收，秋未下种，冬麦亦无透雨下播；民国十八年全省旱象更加严重，春至秋滴雨未沾，井泉涸竭。是年，旱灾极为严重，颗粒无收，数百里人烟几断。泾、渭、汉、褒诸水断流，多年老树大半枯萎，春种愆期，夏季收成不过二成，秋季颗粒未登，饥荒大作，草根、树皮皆不可得，死者日众，殍满道旁，尸腐通衢，流离逃亡，难以数计。据当年9月5日陕西救灾委员会统计，在全省92个县中，发生旱灾的县达91个，除滨渭河各县略见青苗外，余均满目荒凉，尽成不毛之地。在91个受灾县中，有特重灾县24个，重灾县27个。乾县、礼泉等县为重灾区。全省940余万人口，饿死者达250万人，逃亡者约40万人，有20多万妇女被卖往河南、山西、北平、天津、山东等地。

我们家族稍微好一些，加之祖上较为殷实，爷爷的父辈为了自己家的香火，就高高兴兴地给自己家添男丁了。

八爷进祖上大门时，穿的那身行头是曾祖父按照地主家的少爷打扮置办的。八爷“嫁”外，也救了自己的哥哥弟弟，听说他们家换回了许多粮食和细软。换粮食时，要的麦子少，高粱玉米多，原因是麦子不耐吃，粗粮和野菜吃习惯了，突然吃上了细粮，人的胃是受不了的。还有，高粱玉米之类的粗粮，能多吃上些时间，一大家子人的命就救下来了。八爷来到史家后的好几年，他生身父亲那边，苦日子还是没有尽头，常常是没有了粮食，就几百里地翻山越岭，来背上多半袋子吃食，然后顺着红岩河的河川慢慢走回去。

据村里人说，我们祖上是地主成分，河川里的水地多，家底殷实，银圆用瓮装起后在地里埋着。地种不过来，就雇了好几个长工来干活，有的喂牲口，有的种地。那时候我太奶妯娌几个，每天天不亮，就起来蒸馍做饭，然后用篓提着，去洞子沟、十二栓的地里给干活的人送饭。干活的人在地里吃了，就躺在地边的荒草上睡觉，睡起来了，继续干农活。有些干农活的人，是外出逃荒的人，走在路上，没有盘缠，拿点衣物，边走边讨饭吃。有的向南，有的往北，哪里有粮就向哪里逃。遇见了好人家，正好缺个干活的人，就留下来。庄户人家那时候有的是干活的力气，毕竟只要能够吃上饱饭，也算是把自己的命救了下来。

一场饥荒，正在中国大地上继续蔓延。

吃食堂

1957 年 9 月下旬到 10 月上旬，中共八届三中全会基本通过了《1956 年到 1967 年全国农业发展纲要（修正草案）》（即“农业四十条”），提出争取在第二个五年计划的时间内，或者更多一点时间，把所有的农业生产合作社巩固起来。黄河、秦岭、白龙江以北的地区，要在 12 年的时间内，把粮食每亩平均产量，由 1955 年的 150 多斤增加到 400 斤。在当时农业生产落后的情况下，这是多么宏伟的梦想。

11 月 13 日，《人民日报》再次发表《发动全民，讨论四十条纲要，掀起农业生产的新高潮》社论，对反冒进做了公开批评。社论说，1956 年公布《全国农业发展纲要四十条》草案以后，鼓舞了广大农民的生产热情，形成了全国农业生产高潮。但是，有些人害了右倾保守的毛病，像蜗牛一样爬行得很慢，他们不了解在农业合作化以后，就有条件也有必要在生产战线上来一个大的跃进。有右倾保守思想的人，因为不懂得这个道理，不了解合作化以后农民群众的伟大的创造性，把正确的跃进看成了“冒进”。

生产队的生产劳动都是集体性质，而各家各户分散做饭，吃饭的时间难以一致，也就使得出工常常不齐。要等齐社员才出工，势必要耽误时间。办公共食堂集体吃饭后，解决了社员因吃饭时间不一致而出工不齐的问题，这也是各级组织积极倡导兴办公共食堂的一个重要原因。

我问母亲，那时候吃食堂时主要是啥粮食。她说，吃的是玉米和玉米芯混在一起磨出的混合粉，还有高粱，可以做成蒸馍、搅团等吃食，这样节约粮食，连麸皮都一起吃掉了。对于用玉米壳制淀粉用作代食品的做法，她如今还是记忆犹新：先把玉米壳和少量石灰分层装在一个缸内，用清水浸泡，每隔几小时搅拌一次；约泡一个对时（24 个小时）后取出用水清洗，把洗过的玉米壳放入锅内，每 10 斤玉米壳加 1 斤石灰水，用水淹后，边烧边搅，约 1.5 小时后取出再用水清洗；然后把洗过的玉米壳，放在磨子上用手擦成浆水后，用筛子过去杂质，经过沉淀，最后用布包即可压成淀粉。

母亲说：“哪能吃饱啊？大人都饿着，孩子们还能混个肚儿圆。中午吃饭时间，全村人每人每顿只能分到一个窝头，而且越来越小，一直小到驴粪蛋儿那么大。后来，那么小的窝头也没了。

粥倒是可以随意喝，但越来越稀，一直稀到一锅清水煮一筐干菜叶子。”

母亲记得，到了每年的二三月，草木发芽，万物复苏，主要就吃苜蓿芽儿、榆树嫩叶儿。过去吃，是家里的小锅煮，一家人围着吃；当时是农业社的大黑铁锅煮，大黑锅太大，再多的糠菜扔进去也不稠，人多了，不够吃了，做饭的人就使劲儿地给锅里添水。水是从河边的泉眼里挑来的，倒是不用怜惜。还有，干红薯秧、玉米秆、麦秸都碾碎，筛下面粉头的东西，取名“淀粉”，蒸成了用手捏得圆不溜秋的团子。这是当时最好的食品。

晚上，喝的基本都是野菜煮成的稀汤汤。家里有一个大篓，里面放着一个瓷盆，到了吃饭的时间，女人们抬着篓，去生产队里按照家里大人和小孩的口粮标准，把汤领了回来。回到家里，往往多数大人都喝不上。小孩子正是长身体的时候，喝完后连碗都舔得光光净。就这样，吃喝了三年啊，基本是肚子一直饿得咕咕叫。

当时有人编了顺口溜，现在许多老人还记得很清楚：“进了食堂门，手中端个盆，盆中放个碗，碗中照见魂，不是我跑得快，吓得我头晕。”现在想起来，这是多么心酸的真实写照啊！即使1958年10月25日《人民日报》发表的社论《办好公共食堂》可谓事无巨细地对饭菜搭配等都做了详细的要求，也未能解决。虽然村里公共食堂的人可能全部是巧妇，但是他们难为无米之炊。

1961 年 5 月，在中央工作会议上，主要就农村公共食堂和供给制问题进行讨论，决定取消分配上实行的供给制，停办公共食堂。从此，困扰农村近三年之久的公共食堂终于成为历史的陈迹。

外公

20世纪50年代末至60年代初，外公不在家。外公弟兄四个，加之妯娌、孩子，一大家子有二三十口人。因为孩子多，领回来的吃食往往轮不到母亲这种没有家长在的孩子。

母亲说，她几岁时，外公就不在家，他在西安当工人。她和我外婆、舅舅就在家里。她只记得，有一年冬天的晚上，大院子里的人说，我外公回来了，他头戴呢子棉帽，穿着一身黑色衣服，衣服新得很。

外公在西安具体干什么，母亲说她也不知道，她从来没问过。上次外公说，现在这么多孙子辈的人在西安，也没人带他逛过。母亲就顶撞了他几句，说："你在西安的时候，你把谁带去过西安？我妈活了一辈子，也不知道西安在哪里。我小时候，你那次回来，都没到我们娘仨住的窑里看过，你在我奶窑里住着。第二天一早，太阳冒花花的时候，你过来把我们姊妹两个看了看，也不问问孩子们都念书不念书。大老远地从西安回来了，都没有进自己家的门，也没看看自己老婆和娃，就又走了。”

2015 年冬月，小姨的外孙女过满月，舅舅喝醉了酒，给我母亲打电话，问我母亲为啥不来参加满月礼。母亲说，她正在给我照看还没满月的孩子。舅舅问我母亲，是不是还在生我外公的气。外公老了，年岁已大，有时候说话不注意，确实惹得自己的儿女有些不高兴。

母亲说:“来西安打工前，我去看望你外公，你外公生气得很，人老了就变成孩子了。说他前两年来西安两次，你父亲都没有去看过他。我给你外公说，你女婿又不是当公差的，连个工人都没有当过，这些年在西安一直给人家看大门，你以为他干着什么大事？其实是个干苦力的。”

母亲记得，前几年，外公和外婆在北极街看病时，有次她去，外公把她从门里撵出去了。母亲啥也没说，给三轮车上铺了个棉被，把外婆送到了北极医院里，办好了住院手续。直到天快黑，外公才开口说让母亲回家去。那时候父亲已经到西安打工，母亲在家里还养着一群羊，早上出门时，她把羊在圈里圈着，没想到回去后一看，饿了一天的羊从圈里跳出来，把晾在院子里的油菜籽吃了个精光。母亲看后傻了眼，她担心会把羊撑死，就赶快出去问老年人。老年人说，油菜籽有油，不怕；如果是高粱玉米小麦这类粮食，那羊吃多了就会有生命危险。

还有一次，也是外婆在镇上的医院住院，母亲前一天晚上放羊回去蒸了一锅花卷馍，第二天一早天刚亮，就背着花卷馍跑到医院里去，晚上回来，才把羊放了出去。饿了一天的羊，在沟里面整整吃了一夜的草。她没有办法，就把门锁了，手里拄了个棍子，在沟边站了一夜。母亲说这些话时，声音里带有一丝丝哀叹。

一阵叹息里，母亲继续说着那些陈年旧事。她说："其实你外公为了咱家出尽了力。1979年，你出生的前一年，咱家修地方（挖窑洞），你外公来的时候，背的是上等小麦白面、玉米面、荞麦面，带着你父亲整整挖了一年。有次你双明大伯来帮忙，我去给他们三人送饭，蒸的是玉米面馍，玉米面馍明晃晃的，凉了后都咬不下。你外公就骂我，说我心坏了。我是咱农村人经常说的，哑巴吃黄连——有苦说不出。我就在心里默默说，好我的大呀，你背来的那些面，窑还没修成，就早都没有了。后来我送饭时，就让你父亲出来提饭，我担心你外公骂我。想想，我一直都没有想到会有今天，今天还有你们姊妹四个干公家事，日子都过得这么好。"

说到这里，母亲又想起了她结婚前的一些事。她说："当年来看过活（相亲）时，我是不同意的，就去找我舅舅。我说：'舅呀，那家人多得很，我去了每天做饭都会把我累死的；地形也不好，是猴走的路（指山路窄而陡），向上走后脑勺在墙上，向下走满地酸枣刺。’我舅舅就给你外公说，都快把你外公说同意了。有次你外公在北极镇的集市上，碰见你一个远房表爷，你表爷让你外公别错过要嫁女的主意，说‘我祖上银圆多得很，家底瓷实得很’。你外公就又改了主意，说一定要把我嫁过去，说他不做亏人的事情。刚结婚那阵儿，我一月半月地就回娘家，还没住上几天，你外公就把我往回送，就让我回咱家里来。后来你外公也常常来家里帮衬，有年你父亲住院，你外公来给咱晒麦茬地，在渠岸那个窄埝里犁地，在靠近地埝畔[①]时，咱家的黄牛从埝畔里掉了下去。牛身上还套着绳，一头牛掉下去了，另一头也跟着掉下去了，把你外公吓得脸色发黄，中午回来连饭都没吃上几口。牛是咱的家当中最值钱的，他担心万一有个三长两短，咱家里就又散伙了。我记得你外公把牛拉回来时，观察了半天，见没啥事儿，才放了心。你和你弟的头发很长，天又热，他就磨了剃头刀子，给你弟兄俩把头理得光光净。然后给咱把牛圈里的粪拉出去，又把水瓮里的水挑满，就眼泪汪汪地走了。”

2015年11月7日，天已连降数天阴雨。吃过午饭，我和姐姐、弟弟开车去看外公。外婆几年前去世后，外公就显得孤单起来。他1935年出生，到现在已是八十岁的高龄。从县城一路开车，顺着彬（县）永（乐）公路走到山后堡村村口的生产路，大雾弥漫，尤其是半坡的沟边上，能见度不到百米，我们慢慢地前行着。到

① 埝畔：陕西方言，通常指院子外面的边沿，这里指地边上的田埂。

了曾经很熟悉的弥家河村，整个村庄悄然无声，只能偶尔听见几声狗叫。西（安）平（凉）铁路延伸的铁轨，像一道深深的疤痕，从村庄的脸庞中间划过，然后将村庄分为铁路东西两部分，中间有两米宽的涵洞供人畜通过。三五个人在村边的新农村安置点路边上站着闲聊，看到有车顺着石灰铺的路开来，就停止说话，睁大了眼睛看着。走到居民点，就已经没有了机动车可走的路。我们只好把车停在路边的荒草丛里，踩着一高一低的泥地向前行。

外公家在村子东头最边上，大门的门牌上有“弥家河村 001”的号牌。大门紧闭着，门外的开口房里堆着几千斤还没有卖出去的苹果。我们一直敲门，没有人应声。弟弟说外公可能在果园的地里。我们从土台子上去，喊了几声，也未见动静。就继续敲门，敲了二十多分钟，外公才开了门。外公老了，听力有些不好，天下雨，他一个人在家里看电视。推门进去，外公惊喜，说没有想到要来的人来了，然后高兴得不知所措，忙活着在炕后面的蛇皮袋子里拿干核桃，又跑到门外的房间里拿苹果和梨，然后一个劲儿地塞给我们吃。看着我们像个馋嘴的孩子一样，大口大口地吃完，他饱经风霜的脸庞上露出了久违的笑容。外公说舅母在县城里带孙子，送孩子们上学，天冷了，舅舅给自己的孙子们送棉衣去了，一大早就去了城里。

我和外公拉起了家常，问起了他年轻时在西安的生活。他直摇头，不多的言语中夹杂着对往事的遗憾。他说那时候在西安城里当建筑工人，虽然活很累，但是也不少挣钱。他整整在西安待了五年，直到 1963 年冬天，家里的孩子没人管，外婆的身体也不好，就辞工回来了，开始参加农村的劳动。他最后又开始笑，说那时候如果不回农村，现在也是省城领退休工资的老工人了。

我们离开时，给他手里塞钱，他不要，说我们花销大，他基本不上街，没有花钱的地方，我们只好把钱偷偷地压在他炕头的枕头下。外公拿袋子给我们装苹果、梨，装干核桃，还有正在屋檐下晾晒的黄豆。他说在城市里，这些都要掏钱买，多给我们带一些，我们就能少开支一点。

离开了外公，我们大包小包地拎着这些东西，心里却有点悲凉。车在盘山路上绕而上行，村庄在雾中慢慢变得模糊起来。只有外公，还得继续着他的老年生活。对于我们来说，能做的就是多来看看他。儿孙们是他最大的宽慰和荣耀。

救命馍

外公不在家时，外婆和母亲饿肚子是最正常不过的事情。外婆的妹妹——我的姨奶就担负起给姐姐一家人送馍的事儿。母亲如今把它叫“救命馍”。姨奶的村地多，粮食稍微宽裕一些，虽然是高粱玉米面，至少能让人吃饱肚子。这在当时的村庄里，是为数不多的。那时，有些靠天吃饭的村庄，饿死人的现象也是时有发生。《彬县志》载：

1961年1月31日，县委向各公社批转县委工作组《关于检查枸邑公社郑家管区非正常死亡和群众生活安排情况的报告》。郑家管区饿死3人，县委要求各级政府重视群众生活、杜绝饿死人现象。

每过半月，姨奶都要背着馍袋子，走上二十五里路，给外婆和母亲送馍。母亲记得很清楚，她说："那时候狼多得很，那家伙也不怕人，在中罗堡的坳里，每天下午太阳快落山时，就三五成群地在路上趴着。你姨奶从南玉子村来，每次来脸都吓得蜡黄蜡黄的。"

我问母亲，姨奶家那时候从哪里来的粮食呢？她说："是自家的自留地里种的；还有，他们家族里有人在农业社当干部，在粮食方面能沾上点实惠。"

母亲说："姨奶从南玉子塬上来，走到弥家河的坡底。她走的是最近的路，就是从中罗堡的坳里穿过来，从杏洼的坡里下来。我现在一直记得你姨奶的好，那时在最困难时期，你姨奶救了我们的命。人常说，滴水之恩要涌泉相报。我也没啥本事，就是多去看看她。她现在都七八十岁的人了，身体也不好。"

说到这里，母亲又陷入了沉思。她觉得自己作为晚辈，没有能力去感谢自己的长辈。母亲是有心之人，谁对她有过帮助，她都深深地记在心底，只要有机会，都会极力回报。

深思了一会儿，母亲又说起了一件事："那年我舅给我表弟办结婚礼，冬天里雪大得很，我一边放羊，一边在阳坡旮旯里拾落下的酸枣核，拾下的酸枣核到河里洗了，卖了 50 元钱。我去行情[①]时，把 50 元钱给你姨奶了。我思虑着咱家欠你姨奶的人情多

① 行情：陕西方言，随礼的意思。

得很，不是你姨奶送吃的，人早都饿死了。

“那时候咱家还在头咀子住着，你姨奶还来看咱们。她一直牵挂着咱们。那年你姐结婚，正值腊月，雪大得很，你父亲把你姐结婚的信儿捎去。你姨奶家里人就说，‘你是个长辈，人家应该来接你才是。’你姨奶谁的话都没有听，早上起来，在那么厚的雪地里，从泾河川里的鸭河湾走出来，又顺着红岩河川道里走进来，走了一整天，等走到咱家，已经是下午太阳落山的时候。你姨奶走到下师家河村时，已经饿得走不动了，就在代销站买了包饼干，一手吃着，一手拄着拐棍，在膝盖深的雪地里前行。”

母亲说的这件事，我是有记忆的。我记得那天，整个史家河的川道里都下着鹅毛大雪，放眼望去，沟与洼一体，河与岸相平，白茫茫一片。

识字

母亲不识字，这是她最大的遗憾。她经常说的一句话就是："我不识字，生活在社会上，就好比你们每天闭着眼睛走路。"她是吃了不识字的亏，所以才下力气让我们姊妹多读书。据有关资料统计,60年代初时，连成年人扫盲班的结业比例都在80%以上。母亲那时正是适龄儿童，怎么会不识字呢？这是因为母亲是他们姊妹中的老大，她担负起了伺候父母和照顾弟妹的重任；还因为那时对女性教育不重视，认为女孩子读书再多，将来也是人家的人，所以她仅仅去过学校几次。从此，她只能看着别人背着书包去上学，去识字。

母亲说："学校在你舅家的六队，在塬边上，要从你舅家门前那道向洼的长坡爬上去，才能走到学校。那时候，你九外公家的三舅在学校里当教师。我用左手学着写字，你三舅就打我，说，

‘你个女儿娃念啥书呢？’就不让我去了，说我是反手写字，念不成书。我就回来了，再也没去过。”就这样，母亲再也没有以学生的身份踏进过学校的大门。

“那时候你外婆病重得很，家里也没人做饭。你外公不在家，你外婆心口疼得，就坐在稍门[①]墩上转圈圈，头上冒出的汗就像用盆子泼了水一样。你外婆说，她小时候，农历五月的热天里，在田地里拾麦穗回去，口渴得不行，用马勺在水瓮里舀了半勺凉水，又掺了半勺腌菜的浆水，一口气喝完了。喝完后就得了个心口痛，且疼了一辈子。为啥我会纳衣服？就是那时候你外婆得病，啥都干不成，一家子人冬天连棉衣都穿不上。每当到了穿棉衣的时节，我就出去跟着别人学针线活，学了回来就给全家人做棉衣服。”

那时候，母亲才是七八岁的孩子，已经担负起了一个大家庭的责任。在我们聊起时，我问她：“那么小，咋会做饭呢？”母亲伸出了她的双手。她说：“你看我这手，都是自小干活干成了这样，现在粗糙得像榆树皮一样。我那时候不会蒸馍，你外公从西安回来了，他蒸馍，我每天就给一大家子人把馍放在锅里馏下，主要是煮玉米糊糊喝。在吃食堂时，人都饿着肚子，我一天只能分到半个高粱面馍馍。后来分了自留地，你外公把自留地伺候得

① 陕西的农村有大门和小门，大门指稍门。

好得很，加之地就在泾河边，离水近，种啥啥都长得好，主要是高粱、玉米，还有不多的小麦。那时候在农业社里，每当二、三月天旱的时候，村里的男男女女上工时，就端着水壶，顺着庄稼地一垄垄地浇。村上还选了一批青壮年劳力，担着木桶在泾河里挑水，整个泾河滩热闹得很。就是那样水浇田，救庄稼苗儿呢。”

每当在秋季，母亲还有一项重要的事情，就是偷枣。泾河川里，房前屋后、田埂滩边，四处都是大枣树。春天里，枝繁叶茂，黄色的绒花如锦缎般铺开来；夏天里，青色的枣儿和绿色的叶子相互依托，一串串、一簇簇，圆形的疙瘩枣、长方形的马牙枣，还有长圆形的大觐枣，都在枝头挂着；秋季，枣儿的脸蛋上都挂上了一抹红，由浅入深，味道也甜了起来。

母亲说，她拾枣时手快得很。“每年秋天，我的裹兜袋子能断几次。那时候又不敢提篓，河滩里的枣有人专门看着。”她那时候经常给看枣的人端水喝，看枣的人就在舅家老院子门口的台阶上坐着。到了吃饭的时候，她就把烙的死面高粱饼子给看枣的人吃，所以她拾枣时，看枣的人也就睁一只眼闭一只眼。枣树是农业社的，如果偷枣的人被看管的人发现，报告后，轻则开全社社员大会批评，重则扣除工分，工分就是口粮。

到了打枣的时节，农业社里要组织全体社员去，男人们在树上打，女人和孩子们拾。男人们爬上树用手抓住树干用力摇动，枣儿就像冰雹一样落在地上，厚厚一层。拾枣时，人们就向嘴里填，等枣儿拾完了，人们的肚子也就填饱了。母亲说，拾枣的季节，外公家的大柜子里就盛满了晒干的枣儿，这些枣儿绝大部分都是她用裹兜袋子拾回来的，一大家子人能吃上半个冬天，这也省下来了许多粮食。晚上，人们饿了时，就抓上几个干枣吃，然后喝水，肚子就圆鼓辘辘[①]的了。

说到了母亲上学的事，才发现母亲姊妹几个都没上过几年学。母亲仅仅去了几天；大姨读到了三年级，初小还没毕业；舅舅和小姨都读到了六年级，算是把小学读完了。

我和母亲开玩笑，说我外公的标准就是让娃们最多读到小学毕业。母亲说："你小姨那时候念书还挺好的。那时候你父亲还说，让你小姨来咱村里的学校读书，放学后还能照看你们几个。你外婆一辈子是个老实人，你小姨那时候读书，睡的是凉炕，后来一直咳嗽。你外婆就说算了，叫回来后每天让你小姨睡在热炕上。你大姨那时候懂事早，还骂你小姨，让去学校哩，说不要吃不读书的亏。"

母亲十三岁时，外婆病得已不能按时上工，生产队里就说她已经没有挣工分的资格，母亲就开始替外婆上工了。这也开启了母亲一生务农的序幕。母亲说，那时候大人担粪，她们两个小孩

① 圆鼓辘辘：陕西方言，圆而粗壮。

子就拿扁担抬；大人一次担两篓，她们小孩子一次抬一篓。锄地的时候，人家一次锄两垄，小孩子就锄一垄。那时候农业社里的活多得很，直到除夕，还有干不完的活。

上学

父亲说，他在史家河小学上到四年级，就去了街上的中心小学。那时候村里的学校在村里西头门底下的马院子，后来搬到河滩里的大店门，没两年又挪回原来的地方了。父亲说，他刚上小学时，不愿意去学校，我的三伯就每天在放羊的路上，把他背到马院子的学校，他有几次还跑了回去。三伯和村里那个叫狗毛的人，一直在一起放羊。父亲还没上学时，就跟着三伯在村里跑，三伯让父亲去追羊，父亲不去，三伯就爬上枣树给父亲摘还没成熟的绿枣吃。三伯有次将脚卡在了树杈上，差点将骨头弄断。父亲忆起小时候这些事情，哈哈大笑了起来。

父亲在村里上完初小，在镇上上完完小，就进入了北极中学。父亲说，他初三毕业，刚好赶上了“文化大革命”，知识青年上山下乡，就回家了。“回来在家干了一年农活，还去参加了一次考试，那时镇上还没高中，上高中就得去县里。在上完小时，北极中心学校的教室已经是开间大檩条房，宿舍在地窝子窑里。就是原来中心学校操场，那儿原来是一溜地窑，窑里盘有通铺的炕，我们就吃住都在那里。后来不知哪年把地窑填平了，就成了你上学时的操场。”说起父亲最后的一次考试，母亲又笑了起来，说父亲考了一个“大鸭蛋”，都是不好好学习的结果。他们同学，就是后来在某县当县委书记的那谁谁，看人家学习多好，就把自己的命运改变了，父亲却务了一辈子农。

说起大店门，我又问了父亲，因为直到现在，大店的原址上还留有两间早已坍塌了的土房。父亲说，在他小时候，就有。大店主要是拉煤的人歇脚、歇牲口。因为那时百子沟煤矿到长武、甘肃及北极塬上的柏油路还没修，南北二塬的用煤单位和个人都要去百子沟拉煤。拉煤的人从百子沟煤矿，要经新民、小章，最后从小章的烟囱坡村下来，过红岩河，正好就到了史家河。在史家河的大店稍作休息，然后又顺着史家河盘山而上，到了北极塬，才四面八方地向长武及甘肃一带去。拉煤的大多是马车，手扶拖拉机很少。经常是拉车的人坐在马车上，“满面尘灰烟火色，两鬓苍苍十指黑”。“史家河的大店原来由村上经营，”父亲说，“那可是曾经红火了好多年啊，整天我们都能看见一辆辆马车从烟囱坡下来，在大店里休息一晚上，第二天早上，又顺着北坡一辆接一辆地上去了。后来，彬县到永乐、新民到西坡、百子沟到新民的柏油路修好后，社会条件慢慢好了，就再也没有用马车拉煤的人了，咱们村里的大店也就关了门。”

父亲小时候，家族里的人都还住在山旮旯。河滩里还没有人家，他们舍不得在种粮食的地里为自己修庄基，只有一亩亩地连在一起，每年春种秋收。土地是农民的命根子，是村里所有人口粮的唯一保障。父亲说：“过去河滩里的地是宝贝疙瘩。日子过不下去的人，才将属于自己的地卖出去些，换取生活来源；日子富余的人，总是一点点地又把地买进来，所以后来在定家庭成分时，有人是贫农，有人是中农。例如我和你大明伯，我们俩是一个祖父，为啥咱们的成分那时候是中农，人家是贫农呢？原因就在这里。你曾祖父是个过日子的人，不抽大烟（鸦片），一心种庄稼，后来就牛马满圈，粮食成堆；而村子里抽大烟的人，却是‘经常不离烟盘盘，吞云吐雾打哈欠。眼泪鼻涕流一摊，身发软、立不端，祖业家产踢踏光，实在没钱卖婆娘’。”

第二辑

20世纪60年代至1980年

灾害

黄土高原地区的自然灾害十分频繁，对毫无抗灾能力的村庄来说，往往是致命的打击；对农民来说，就面临着收成减少、温饱不定的问题。从灾害的种类来看，主要包括旱灾、雹灾、洪涝、霜冻等，其中尤以旱灾、洪灾最为严重。20世纪60年代至80年代，父母从半大的孩子长大成人，并结婚生育，开始负担起了自己的生活，心酸而又艰难。那些年，洪灾、旱灾等极端天气频发，对史家河这个靠天吃饭的村子来说更是雪上加霜。母亲说，每遇到自然灾害的年头，挽在腰间的裤带就得勒得更紧些，这样才能渡过难关。村里老人常说一句话："三年两头旱，一年不旱遭水患。"后来，我翻阅了《彬县志》，看到了一串串真实的数字：

1962 年 6 月 7 日、11 日、12 日，彬县境内连降 3 次暴雨和冰雹，并夹有7级以上大风，雹粒大如核桃。14个公社94个生产大队353个生产队和新民农场不同程度受灾。夏秋作物受灾面积12.56万亩，其中小麦9万亩。韩家公社的北湾、鹅池、龙尾沟和底店公社的小车、西庙头等大队夏秋作物绝收。

1964年10月28日，入秋阴雨连绵，境内不断发生滑坡、倒房、塌窑事故，共倒房290余间，塌窑2700余孔，死16人，伤17人。受灾群众1400余户5000余人，400户群众无家可归，南塬更甚。

1972年6月18日，本县遭受历史上罕见雹灾，冰雹大如核桃。永乐、西坡、新民、小章等9个公社受重灾，夏秋作物受灾面积15.45万亩。小麦受灾6万亩，减产三至四成。

1976年6~9月，县境内连降4次大暴雨和冰雹，19个社镇不同程度受灾。受灾小麦3万余亩，油菜2000余亩，秋田3.7万余亩，损毁粮食120余万斤，倒房塌窑2000余间（孔），死亡群众12人、家畜猪羊数百只。炭店公社西务、河西两户群众庄基进水，溺死11人。水口下庄水库冲毁，赵家沟水库横溢，城关东街、南街等6户群众受淹，房屋进水倒塌。韩家太光五队400亩小麦、35亩油菜、180亩早秋作物被冰雹全毁，颗粒无收。太峪农建专业队损失羊186只，水毁化肥6000余斤。

1977年6~9月，县境先后降暴雨冰雹5次。永乐、义门、底店等8个公社300多个生产队受灾，冲毁麦田800余亩，损毁小麦6.8万余斤。秋田受灾5.1万余亩，粮食减产500余万斤；烤烟被毁4000余亩。7月5日，泾河暴涨，沿河108个生产队2.58万亩秋田、13.4万余棵果树被淹，冲毁水利设施6处，3只渡船被冲走，经济损失8万余元。

1978年6月28日，全县降暴雨、冰雹，持续3个小时。北极、新民塬及城关、水口、新堡子等11个公社遭受狂风、雷电、洪水、冰雹袭击成灾。北极塬几社电话总机被雷电击毁。枣渠水电站电杆被风刮倒，供电中断。水口寺峪二队未打碾麦垛被雷电击焚毁粮10余万斤，风拔大树50余棵，刮倒水泥杆6根。县磷肥厂20余吨磷肥遭水淹损毁。

1980年上半年，全县出现历史罕见干旱，春季无雨，夏田作物枯死。26.7万亩小麦受灾，亩产仅76斤，全县人均夏粮47斤。7月以来，阴雨连绵，中雨大雨不断，雨量多达360毫米。全县3500余户1.5万余群众受灾，1200余户群众房窑倒塌，6000余人无家可归，6000余亩秋田毁坏，92处水利设施被水冲毁；15个公社的公路被冲毁，交通中断，广播线断杆倒。

1981年9月，阴雨连绵，倒房2245间，塌窑3269孔，死亡群众24人，损失家畜猪羊233头(只)，毁粮5万余斤，损失烤烟300万斤，秋田减产5000余万斤。

1983年8~10月，阴雨不断，9月降雨量136毫米，10月119毫米。全县灾情严重，倒房846间，塌窑5585孔，死亡45人；损失粮食18万斤，各类物资计10万余元。

母亲说："农民为了活命嘛，有时候会冒着生命的危险，干些违法的事。"她已经记不清是何年，村里人都没有粮食吃，天旱得草都长不起来。农村赖以生存的苜蓿，叶子都被人捋光了，后来还是没有办法，就用镰刀把杆儿割了回去，切碎了煮着吃。生产队里留下的种子，都被人一点点地偷了去。生产队就派人不分昼夜地看着，存放种子的窑洞门上锁着三把锁，钥匙由不同的人拿着。没有了种子，来年拿啥种地呢？没有了种子，等于断了以后所有的口粮。农民都知道这样做，是断了包括自己在内所有人的后路。60年代末，有人把祖上传下来的银圆啥的都卖了，去集市上买粮食吃，可是水涨船高，粮食贵得吓人，在集市上转了半天，只好又背着空口袋回来了。回来后，人们就继续挖野菜、饿肚子的日子，觉得天都变得长了起来，人们都饿得等不住太阳落下山头。

架子车

1972 年 7 月，全县掀起了“学大寨人，修大寨田”的高潮，大战 50 天，平整土地 3 万亩，打机井 50 眼，扩大灌溉面积 2.2 万亩。1975 年 5 月，我的大姐出生。1976 年 12 月，第二次全国农业学大寨会议召开，提出了“普及大寨县”的决定。我们村在一夜之间，积极地执行了这一政策。后来，人们逐渐发觉，用“大寨经验”，用开展“农业学大寨”运动的办法，治不了中国农业的病；只有从实际出发，认真落实党在农村的经济政策，才是农村工作的当务之急。

那时在村子里发生了一件事，就是要把农民的架子车收归集体所有。文件传达时的情景是这样的：白天上工，晚上常常要给社员开半夜的会，社员们困得直打瞌睡，就把鞋脱了，垫在屁股下，坐在了地上，听得睡着了；醒来，会还在开着，大队的干部还在讲话。父亲说，村民的抵触情绪很大，架子车就好像农民的另外两只能出大力气的手，是生活资料，而不是生产资料，所以不能收归集体。

据有关资料载，1978 年 9 月 14 日，中共陕西省委专门下发文件，题目就叫作《印发〈关于架子车的调查〉》，文件规定：架子车永远不收归集体所有。就是这个文件，给农民松了绑。除了架子车是农民的，就连一口人两分的自留地也还回来了。父母说，他们笑开了脸。至此，陕西几千万农民终于有了自己的第一份“私有财产”——架子车，他们每天都神气十足、名正言顺地使用着。

就在省委文件下发的那天，《陕西日报》发表了一篇社论，题目叫作《坚决地勇敢地落实农村经济政策》。社论指出：“和许多兄弟省区比较，我们的工作缓慢了，落后了。”

1966 年，“文化大革命”爆发后，受极左路线的影响，私人购买的架子车全部被生产队收回，成为集体所有财产。为什么要收归集体呢？当时上面的说法是，有架子车的人和无架子车的人相比，挣的工分太多，出现贫富不均的“两极分化”。父亲说，那时候他正是十几岁的半大小伙子，在学校放假后，给生产队里用架子车送粪、交粮、拉土。架子车属于个人时，在路上遇上坑洼或容易扎刺时，都会极力进行避让，恐怕扎坏了橡胶胎——一条架子车胎贵着呢；架子车被收回后，就没有人去爱护了，车胎气有些软没人管，车的辐条断了也没人管，坏了就扔在那里，大家正好能以此为由休息会儿呢。生产队里有人修架子车，但是修的人都修不过来，因为损坏的很多。

母亲说：“为什么农民那么爱架子车？架子车就是他的命啊。在田地里，架子车用来拉土拉粪，装得多，速度快，少出力，多干活；在家里，老人们有病了，架子车上铺上个袋子，老人躺在上面，拉着就走了；还有新人结婚，架子车就成了唯一的交通工具。”

据有关资料显示，1980 年时，彬县登记在册的农用载重汽车仅 35 辆，小型拖拉机 477 台。这其中的大部分属于政府成立的拖拉机站，属于个人财产的微乎其微。20 世纪 90 年代以前，拖拉机在农村还很少见，架子车依旧是农村主要的运输工具，陕西农村几乎家家都有架子车。每到田间，一辆一辆的架子车下地。后来，村里家家都喂起了牲口，有了重活，庄稼人不再自己拉架子车了，套上牲口，轻轻松松地就干完活了。

记得 90 年代初，我还在上小学，明学大伯突发重病，也是架子车出了力。曾担任过彬县水帘医院院长的明学大伯，一辈子背着药箱子下村入户，不知治好了多少人的病，却不料自己告老还乡后突发疾病。恰逢天雨，人命关天，何况明学伯德高望重，父亲和家族里几个大人就拉了架子车，用塑料纸在架子车上搭了遮雨篷，拉着病人半夜里去了二十里外的镇医院。人最终没有抢救过来，明学大伯因突发脑溢血不幸去世。天刚蒙蒙亮，父亲他们又将人拉了回来。几十里泥泞不堪的路上，如果没有架子车，人就没有了办法。直到现在，架子车依然是农民离不开的重要农具之一。

结婚

我问父亲，和母亲是哪年结的婚。父亲陷入了冥思状，想了一会儿，说记不清是1970年还是1969年。“唉，这些事过去都忘了。”父亲说时，母亲就在一旁笑，说：“今年已经是我来你们史家第45个年头啦。”70年代初某年的农历腊月二十六，父母结婚了，彩礼共440元。

《礼记·曲礼》记载：“非受币，不交不亲。”自古以来，我国缔结婚姻就有男方在婚姻约定初步达成时向女方赠送聘金、聘礼的习俗，这种聘金、聘礼俗称“彩礼”。周代是礼仪的集大成时代，彼时逐渐形成一套完整的婚姻礼仪，《仪礼》中有详细规制，整套仪式合为“六礼”，西周时确立并为历朝所沿袭的“六礼”婚姻制度，是彩礼习俗的来源。这种婚姻形式，直到今天在全国许多地方仍有延续。虽然在1934年4月时，中央苏区颁行的《中华苏维埃共和国婚姻法》中，废除了聘金、聘礼及嫁妆的规定。中华人民共和国成立后，1950 年、1980 年的《婚姻法》和 2001 年修改后的《婚姻法》，均未对婚约和聘礼做出规定。但目前我国很多地方仍存在彩礼的风俗，在农村尤盛，史家河村周边乡镇更是水涨船高。

在以前，大多数婚姻，是由做媒的人，在双方家长之间沟通联络着。比较开明的人，会让自己的女儿去未来的夫家看看，让两个孩子见见面。有的女性，结婚前都不知道夫家在哪里，两人经过家人的商议，都已经准备办理结婚手续了，但是还未谋面。最多就是两个人经过家里人约定，见过对方的长相而已。传统观念下家长的做主地位直接影响着国家提倡的自由恋爱的婚姻，甚至在 60 年代初至 70 年代，农村男女双方自由恋爱对父母来说，还是一件有伤风化和丢人现眼的事情。

母亲说，当时爷爷家卖了一捆干辣椒，还卖了一头小牛犊。“结婚后，我来一看，家里的弟妹们坐了一炕，一个比一个大不了多少。你三叔四姑那时候还是光屁股小孩，你三姑只穿着一件单衣服。那时候你爷家只有一孔窑洞，还有一间厦房，人、牛和厨窑都在一起，厨窑在门口，对面就是一个大炕，窑最里面就是牛圈。牛拉屎的时候，冒着热气，人在门口该干啥就干啥。我回去就哭着不同意了，你外公哄我说，‘结婚的事情还没定。你看人家有一套新磨盘，还有一个新枣木案板。如果家里有牛的话，说明是富有的人。’可是一起来的人给我说，两家大人已经把婚礼的事情定下来了，我就继续哭。我当时不愿意的主要原因是，我来咱这里一看，还不如我娘家的地形地貌，路就两步宽，还在山坡上，上下坡两个人拉架子车都很吃力。”

外公家那时候是大生产队，在全乡镇都是数得着的好村子，因为就在泾河边上，水地多，庄稼长得好，人的温饱问题首先能解决，无论是高粱、玉米还是糜子，肚子是饱的。

母亲说:“我给你外爷说，你看这地形，埝畔这么高，酸枣树刺多，你是明摆着把我往沟里送嘛。那时候还给我介绍过西坡一个人家，你外公去人家家里看过活时，晌午吃的是玉米节节面，一碗稀汤汤，你外公都没吃饱。晚上人家用三枝玉米秆烧的炕，把你外爷冻得第二天一早就跑回来了。自从那以后，你外爷决定把我嫁到坡里去，坡里人靠山，柴火多；生产队里都有牲畜，那时候又没有化肥，给地里上肥都是土粪，所以地里的庄稼就长得壮；塬上平地里的人都不养牲畜，没有土肥，地里就不长庄稼，塬上人都吃不饱。那时候咱们坡里人给孩子娶媳妇是一件很简单的事情。塬上不一样，人都不愿把自己的闺女嫁到塬上去。”

母亲说:“我来的时候，那间新厦房的炕上，泥坯子还湿着，烧炕后直冒热气，甚至都不敢坐人。我结婚的前几天，下了半尺厚的雪。那时候结婚用的是架子车，走路的人踩上去扑腾扑腾的。”母亲说，她就在架子车上坐着。

我问母亲："雪那么厚，路那么难走，你一直在架子车上坐着？"问这个话的时候，母亲笑了，说如果是现在这个时代就是丢人。可那时候最好的就是架子车。母亲说，她一直在架子车上坐着，车子上铺着个麻布袋子，娘家送亲的人都在后面推着。从泾河岸边弥家河的沟里走上来，到了北极塬，再从北极塬又翻下沟，才到了红岩河边的史家河。她到我们家的时候，太阳已经落山了。他们在雪地里走了整整一天。母亲和村里京道家老婆是一天结婚的，当母亲来到村里时，人家娘家人都吃了下午饭，准备回去了。她说："东秦村的你西安表叔和你大姑父那天把力出了，两个人替换着，整整驾了一天架子车辕，头上的汗水直冒热气，抹都来不及。"那时，一般人结婚，驾架子车车辕的不是外甥就是女婿，他们往往是舅父或者岳父家最得力的劳动力，也是出了错就紧张得不知所措的人。

母亲坐在架子车上，冻得瑟瑟发抖，手脚冰凉。由于路远，母亲半夜就被大人们叫起来，做出嫁前的最后准备。母亲穿的是花碧锦棉袄、蓝咔叽棉裤，棉衣裤上面连个外套也没有，脚上穿的是自己一针一线缝制的粗布鞋。

母亲说，那时候农村人没有任何交通工具，就是她结婚时的那辆架子车，还是从七甲坳村我的姑奶家借来的。那辆架子车，腊月二十六把她拉进史家的门，二十七日还去后玉村拉了我四伯的媳妇巧云。过了春节，才把架子车还给了远在二十里外的姑奶家。“那时候，给娃娶媳妇，连个架子车都得借。”母亲说着就开始了叹息。外公家从河川里上塬的路也很陡，前几年舅舅家的表弟结婚时也是冬天，天空里飘着雪花，弟弟的小汽车都滑得一溜再溜，不敢踩油门，何况是四十多年前的冬天。

父亲结婚的家具是一件红漆木箱子，箱子上面龙凤呈祥，鹊鸣雀跃，上面写有“明儒手作”的字样。作为家里的长子，60 年代这已经是不错的行头。至现在已四十多年，还完好如初。如今，这口箱子被静静地安放在家乡的窑洞里，这是他们唯一留下来的纪念。

偷苜蓿

在农村，人吃苜蓿是一个时代，因为苜蓿是度荒充饥的主要食物。民以食为天，再大的事情也抗不过饿肚子。

苜蓿生命力极强，不择水选肥，不嫌弃土地贫瘠。无论是田间地头、荒沟野洼，还是山上阳坡的太阳地，抑或是沟边避荫的旮旯底，只要有土地，就有苜蓿生根发芽，茁壮成长。长圆形的叶子，紫色的花儿。寒风料峭时，它就已经开始发芽。为了填饱肚子的人们，就偷偷地跑遍山间四野。

母亲说，一块苜蓿地里，东头西头都有人，往往是东头的人去得晚，吓得不敢进地，或是西头的人去得晚，以为东头的人是生产队派来看苜蓿的。大家都在黑夜的地边上藏着，确定没有生产队派来的人时，就进地用手捋，把篓装得满满的。“我那时经常和你莲花嫂子搭档，我们两个一直单独行动，哪里苜蓿长得高，哪里苜蓿长得嫩，我们都清清楚楚。你老嫂子年龄大，但是人很有主意，跟着她去我就安心些。她说：‘生产队里的人来了，咱们跑不动就别跑，晚上看不清路，万一掉在沟里了，连性命都没了；生产队里逮住咱们了，大不了把苜蓿收走，咱就是为了活命而找个吃食嘛。还有，晚上碰见了狼啊豹啊啥的，都不要喊，两个人就圈在一起，不能乱了手脚。’我那时胆子小，有时候碰见人就吓得不知所措，人家就把我一把拉过去，蹲在沟壕里。有年天旱，地里的苜蓿不咋好，晚上得跑很远的路，才能弄够几天吃的。苜蓿偷回去，嫩点的，人就煮着吃了，老一些的就喂猪了。”

《诗·豳风·七月》有“曰杀羔羊”之语，《诗·大雅·公刘》有“执豕于牢”之句，可见三千五百多年前，豳地先民就饲养猪、羊了。1975 年 9 月，农业社传达了上级《关于大力发展养猪业的通知》，母亲是全村响应比较早的人之一。她说：“那时候社员家可以私自养猪，一年喂两头大肥猪年底卖了，就是好收入。村里也有胆小的人，晚上偷苜蓿时，有点风吹草动就吓个半死，这样家里的人和养的猪就得挨饿了。村里那贵贵他妈，为啥现在腰都不太好呢？就是那时候，晚上几个人去河对面的高渠山上偷苜蓿。高渠山与咱们村子隔了一条河，白天有人劳动，晚上常有动物出没。他们正在偷苜蓿时，看见地里有只狼在埝根底趴着，眼睛蓝莹莹的，就吓得啥也不顾地跑，一不小心踩空，从埝畔里掉下去，把腰摔断了，在家里躺了多半年。那时候在生产队里，你不出去上工，生产队里就没办法给你登记工分，年底也就分不到粮食。因为生产队员的口粮是和你的劳动量紧密挂钩的。再说了，其实动物也是怕人的，只要你不主动攻击它，它一般也不会攻击人的，就是井水不犯河水嘛。有时候你见了动物，你把动物吓得跑，动物把你也吓得跑，所以一定要保持镇定。那时候村里的人，把生产队里的苜蓿都捋成光杆儿了。生产队里的牛没啥吃，就瘦了，所以就派人看着。”

还有就是偷玉米。能吃上玉米的那几年，农村已经渐渐有了转机。

母亲说：“这么多年了，我现在见你兴民爷还笑呢。那时候能吃上嫩玉米棒子，那简直就是过年。嫩玉米棒子能把人吃饱，且耐饥，一天吃几个玉米棒子就不用吃其他的了。那时我和你嫂子一起，刚掰了一篓玉米棒子，从地里出来，碰上你兴民爷晚上来看玉米，他是生产队里派来的，我们正好被抓了个正着。咱们家那情况村里人都知道，他也就心软了。我也给他说了些好话，就赶快背着篓跑远了。因为那时候谁能看庄稼，是生产队里分的，你看一晚上庄稼，也照样是登记工分的，这种比较轻松的活，人都愿意干，且还有好处，至少自己家里的人饿不了肚子。如果遇见不讲情面的人，把你抓住，是要扭送到生产队领导那里去的，且还能多登记工分呢。被抓住的人，就在生产队全体社员面前做检讨，全体社员在台下坐着，你在台上站着，生产队的干部叫着你的名字骂，这就是杀鸡给猴看。如果开过几次会，社员们也就知趣些，知道风头紧，没人愿意冒险。如果说你偷了玉米，要用秤称量斤数，等到年底分粮的时候，就从你全年应得的粮食中扣除掉了。”

“已经不记得是哪年，家里年底只分到了半瓦盆麦子。”母亲说，“半瓦盆子麦子，一年都舍不得吃。全家人的主要口粮是高粱。高粱哪里来？生产队里分一些，眼尖手快的人从庄稼地里再偷回来些。收秋时，你父亲给生产队里收割高粱穗，你姐饿得整天哇哇哭，我给你父亲说：‘你每天从高渠山担高粱才能挣下三份工，你从山上下来的时候，最后那一担就多捆一些，走到河滩里给咱留一些。’后来你父亲给咱留了，半夜里去偷偷地背回来，在咱家拐窑的柴垛里埋了多半月。那时候如果农业社丢了东西，干部就挨家挨户地搜查。高粱穗儿都放得发霉了，一股子味道。我每天晚上回去半夜里用手一点点地抠下来，放在簸箕里。抠高粱穗儿时，我的心就怦怦地直跳，手抖得像用箩筛筛糠子。就是那年，咱家冬天用磨盘把高粱磨碎，连糠皮一起压成钢丝面，整整吃了一冬。那时候还没有盐、醋和辣椒。我用冬天的油菜叶子放在锅里煮了，搅在面里就呼噜呼噜地吃了。就是这样，你姐晚上睡觉才不哭了。有天，你群巧奶来咱家，看着我吃了一大碗。她说看我吃得香，都嘴馋了。人家那时候家底殷实，就没见过那样的饭还吃得那么香。前几年，我见她，她还记起那年的事情，说现在社会好了，终于家家户户都不愁吃穿了。”

我问母亲，那时候家里咋不自己做醋？母亲说：“那时，咱家里一是没粮食，做醋先要有粮食，咱家那时候连谷糠都吃了。要自己做醋，就得有粮食和盆盆罐罐，要把拌好曲的原料装入发酵缸或坛内进行发酵才能做。咱家那时候只有一个半人高的瓮，上面还有裂纹。那瓮一直用来盛水。”

说到这里，母亲说：“要不咱家为啥现在有那么多盆盆罐罐？都是吃了那些年没有的亏。后来日子慢慢地过好了，我跟你父亲就置办了那么多，你父亲有一年还专门跑到新民塬百子沟的陶瓷厂里买了几个大瓮，走了七十多里路，翻了几道沟和塬，才用架子车拉回来。”可是现在，家里已经没有了人，家里那么多大瓮、小瓮，盆盆罐罐，就静静地躺在老家的蜘蛛网里。

做工

“上工一窝蜂，做活磨洋工。”这是母亲对农业社期间农民干活状态的最真切描述。表面上看着，所有社员在一起，热火朝天，力争上游，其实造成的现实情况是“人困、马乏、地薄”。那时候，随着农业社的推进，青壮年妇女已经成了挣工分的半边天，但她们还承担着伺候公婆、照管孩子、洗衣做饭、穿衣针线的任务，还得挖草喂猪等，这样一来，她们就扮演了传统社会女性和男性的双重角色，承受了更多的忙碌和劳累。繁重琐碎的家务和每天三晌的做工，以母亲为代表的女性，自知做媳妇、做好儿媳妇的角色是多么的难。

母亲说：“我结婚后来咱家，我和你父亲一天每人早中晚三晌工，就是为了挣工分；一天都不敢旷工，旷工了家族里长辈就会数落。书课他父亲和你俊明爷给你爷说：‘娃娃那么勤快，还拉着两个娃，你看人都瘦成啥了？’除夕了，大户人家都在置办年货，蒸馍、擀面，还有人家放炮，咱家却连个吃的馍馍都没有。1975 年 5 月，生下你大姐，家族里给你姐过满月，吃的是葫芦煎汤面。总共来了六七个人，你舅家来了几个人，你大姑家公公来了，你楼店村的姑爷来了，再也没来其他人。那时候你爷家菜地里菜蔬比较多，可是我也没吃上啥饭。

“那时候家里穷，我和你姐姐每天只能吃高粱面搅团度日，冬天里没有柴火烧炕，泥坯子炕冰得渗骨凉。”

我问妈妈，为啥不上山砍柴？妈妈说：“一天三晌工，连大年三十儿都在地里参加劳动，哪有时间去山上呢？我还养着两头猪，养着你两个姐，生产队里让你父亲去拜家河做工去了，去了一个多月，连阴雨下了好久。我也没面吃。那时候生产队里的庄稼也不好，每年除了留种子、交公粮，全村人的口粮也就没多少了。你姐那时候去你舅家，你三妗子问你姐，咱家分了多少麦子，你姐说就分了多半瓦盆子。我记得你父亲走了，我每天上工，把你姐用绳子在炕后面拴着呢，有天放工回家后，你姐掉到了炕棱台下，已经哭得睡着了。两头大肥猪也饿得嚎叫个不停，我一着急忘了关门，猪就从门里跑走了。

“猪从头咀子跑下去，一直跑到园子的高粱地里，把生产队里将要长成的高粱糟蹋了一地。后来生产队里人把猪赶回来，说咱家的猪把地里高粱吃完了。我把你姐抱在怀里，正在哇哇地哭，哪里还能顾上猪偷吃庄稼的事情呢？生产队长安排人，把被猪糟蹋的高粱数了一遍，说年底要扣咱家的口粮。我也承认错误，但是咱家当时那情况，生产队也没办法，就走了。那一年，生产队里在年底分粮时，要扣咱家人头口粮 440 斤。分粮时，生产队长让会计扣，会计怜惜咱，后来也就没有扣，这个恩情我一直记着呢。我现在见了人家，还笑呢。还有一次，我晚上和你莲花嫂子去生产队里掰玉米棒子，刚掰了一篓正准备扛着回家，被晚上看庄稼的人发现了。我们两个都站着不敢吭声，村里人都知道咱家可怜，也就心软了，让赶快提了回去。这个恩情我现在也记着，在那个年代，这就是救人命呢。我掰的玉米回去每天蒸着吃，每天能混个肚儿圆，就这样吃了半月。你可知道，那时候被生产队抓住，第二天生产队里就要开全体社员大会，生产队里的干部让你站在全体社员面前，就开始数落你，让你羞得恨不得钻进土里去。”

父亲那年到底去拜家河干什么，母亲到现在也没弄清楚，后来我查了县志，才知道是兴修水利。全县许多青壮劳力都参与过的集体工程。

《彬县志》记载：

1977 年 10 月中旬，全县 1.5 万余名干部群众参加的拜家河河滩治理大会战，在横跨三县四社的太峪河中、上段全面铺开。鏖战40多天，高速度、高质量完成了治理太峪河任务，改河筑堤13878米，修建涵洞17个；移土造田4000亩，新修条田、台田7017亩；新建鱼池3个，占地62.9亩，净水面41.7亩；新修川道石子公路35公里；弯道砌护2461米，路边衬砌灌溉渠道26公里；移动土石方360万立方米，将昔日乱石滚滚、荆棘遍野、荒草丛生的乱石滩，修成了“河道依南山，满山平展展”的水浇田。同年，全县人民会战太峪河的纪录片由陕西电视台摄制完成并在全省播放。

生育

《孔子家谱》说："男子二十而冠，有为人父之端；女子十五许嫁，有适人之道。"女性的婚姻之路，在过去是异常艰难的；如果提出离婚，阻碍主要来自丈夫的家族力量和基层干部的阻挠。

母亲说："50年代，你舅家生产队里就一千多人，从中罗堡村下去，就是弥家河生产队，生产队里还有好几个小队。我记得，村里有两个人，分别叫录良和严明，整天都睡在柴草垛里，媳妇都能干得很。尤其那个录良，精神有问题，看上去蔫蔫的，也不干农活。录良家媳妇要离婚，全生产队开大会，把人家的媳妇拉在人堆里，开会批评。那时候生产队里的干部权力很大，社员都不敢反对。"

听到这里，我读了在某县档案馆妇女志上看到的一段记录。

这段记录最能说明当时的婚姻情况："朱某提出离婚请求后，受到玉泉坝乡农会主任的野蛮阻拦，他召开了二百多人的群众大会，对朱某进行斗争审判，不许她离婚。"

我念完了这段话，母亲说："那时候人家把你打乖了，你就慢慢死了离婚那条心。"母亲记得，"那时候邻村小章乡一个亲戚的媳妇，结婚后从来不回门户，天天在外面都接不到家。乡上领导亲自在她生产队里组织开会，还没到晌午，娘家人就把人顺从地送了回来，还过了半辈子。后来那个媳妇也命苦，没过上几年好日子，就得病去世了。前几天，我在县城名仕花园小区外，还见到了那个媳妇的男人，现在都快七十岁的人了，重新找了个老伴儿，租住在县城里，在菜市场里拾菜叶子。我听说那男人的儿子整天不学好，经常泡在赌场上，把老头在农村的房都输掉了。"

在农村，似乎是家族的男性和队上干部主宰着一切。说到这里，母亲又说："好娃哩，过去的男人厉害得很，咱们村的许多女人每天往河对面的地里担粪，手里还拿着针线活，一家老小的衣服、鞋都要从女人手里一针一线地缝制出来。那时候，农业社干部说谁能离婚就离，队里还出具介绍信；说不能离，你言语上再反抗，队里不但不批准，还说要开批斗会，胆小的人就忍受着。"

母亲那时刚生下我那个没长成的姐姐，还没到十天，生产队里就让人叫她报到上工。我问母亲，主要干什么？她说，在河对面的江坪地里修水利，推土车。那时候地里庄稼长不好，就说地面上的土没养分，生产队里就组织全员上岗，把地里的熟土推到土车上，把别的地方的生土填进来，就这样，一个冬天就完了。

那片叫江坪的耕地，在红岩河的西南岸，现在几百亩地连在一起，曾是村里最好的水地。我家单包后曾经也分了一亩多，每年种下的小麦，收成都是最好的。母亲回忆说："在六七十年代，那些地都是高低不平，且有砂石块在地里，往往犁地时，生产队里的铁犁铧要被石头折断，后来就组织社员修水利了，全村人合起伙来，用了一个冬天，终于整理好了那块地。"

在陕西偏远地区的农村，生育和传宗接代被看作人生的顶级大事。一个女人，如果没有生育能力，会被人在背后说三道四，自己也感到理亏。同样，人们普遍认为，生育是女人的天职。即使在分娩这一关乎人的性命的时刻，也自接自生，羞于见人。分娩的地方一般都是自家土炕上，甚至还有做饭的女人把孩子生在灶火堆、干活的女人把孩子生在田间地头的。分娩时，剪孩子脐带用的一般都是家里的剪刀，比较讲究的人还知道将剪刀在沸腾的开水锅里煮一阵子，消消毒；不讲究的人，直接就用打碎的瓦罐锋利的棱角来割孩子的脐带。没有卫生纸，也不愿意弄脏家里唯一的被子，就在光溜溜的竹篾席子下垫上晒干的黄土或者从炕洞里掏出来的草木灰。简陋的环境，给母婴的身体健康带来了很大威胁，因母亲难产、大出血，新生儿患上破伤风等疾病而丧失生命的比比皆是。另外，农村妇女“坐月子”期间，由于家务繁重，还得去农业社做工挣工分，往往是几天时间，就下炕推磨做饭、凉水洗衣服、上工拉架子车，身体受到很大的伤害。母亲的风湿病就是在月子期间落下的，至今遇到刮风下雨，双腿就疼得难以忍受。

说到这里，母亲的语速慢了下来。她共生了七个孩子，活下来四个，就是现在我的大姐、二姐、我和我弟。母亲说，第一个孩子刚生下来，快满月时，我的奶奶生下了自己的小儿子——我的四叔。那时候的农村，婆婆和儿媳妇一前一后生产，并不是什么奇怪的事情。在母亲初为人母独自生产后，我那个来到这个世界不久的姐姐就夭折了。1975 年农历五月，有了我的大姐。1978 年农历七月，有了我的二姐。刚生下我二姐时，家里四口人睡在不到五尺见方的土炕上，炕上有一个泥坯子还塌陷了。没办法，父亲去河边上找了一块薄石头板，回来，放在塌陷的地方，又和了一铁锨泥，才糊住了。那时候家里穷得连个竹篾子席都没有，晚上用柴火把炕烧热，就把两个姐姐放在平整的地方，母亲和父亲睡在石板上。烧热的石板前半夜烫得睡不下，后半夜凉得睡不着。“你父亲身上都被烙印下了红水泡。”

在我二姐一岁多时，母亲又生下了一对双胞胎女孩，生下来营养不良，也在病痛中夭折了。1980 年 12 月，母亲生下了我。我出生前，母亲有次去了集市上，看着集市上卖的肉包子口馋，用攥在手里已经捏得出汗的钱买了一个肉包子吃。母亲说，那是她那年吃下的唯一一口肉。我早产，出生一个月还不会啼哭。她又开始憎恨自己，恨自己当时营养供不上，生个娃养不活了咋办？我出生后，家里的麦地里一年仅收一二百斤的麦子，全家人都舍不得吃，就蒸了些白面馍馍，捂在瓷盆里放在柜子里，我饿了，姐姐用开水泡了，喂给我吃。这也是我小时候吃过的最好的饭，就是这样的饭，在那个时代，姐姐们从来都没有吃过。后来到 1983 年 12 月，有了我弟弟。母亲生我弟弟前，计划生育抓得紧，加之奶奶一再鼓励，母亲也就铁了心，砸锅卖铁也得再添一个男丁，这样弟兄两个长大就有了伴儿。

挖窑洞

窑洞是中国西北黄土高原上居民的古老居住形式，四千多年前的老祖先流传下来的这种“穴居式”的民居至今还存在着。《诗·豳风》中有“陶复陶穴”的记载。窑洞有明庄、暗庄、土窑、石窑之别。明庄，多依山坡凿就；暗庄，又称“地坑庄”，挖掘平地为坑院，在坑壁打窑，另一壁顺地面斜向穿洞为宅门，院内掘有防水坑以防暴雨。父亲修建的是明庄，这是他一生辛勤劳作的最大成果之一。父亲成了家，但是没有自己的窑洞住，就在黄土地上刨挖起来。

母亲说：“你父亲二十三岁就开始修地方，我们住进来时，只有一孔正窑、一孔穴窑。正窑住人，里面有九尺大的炕，咱们一家六口人就能安顿下了。穴窑安灶，安置了锅灶、案板、四个大水瓮、六个大瓦瓮。住进来后，慢慢一天天地挖，后来就挖了另外的那几孔。你父亲刚开始修窑时，不会修，我跑去一看，窑口小得只有一人高、一架子车宽，里面人能骑开自行车，把我吓得喊。我说这样不牢固，窑口那么小，万一土方塌下来，咋办呢？你父亲笑笑说没事。我的心里就一直悬乎着，因为我小时候在你舅家时，我们村里有人那样修窑，窑就塌了，家里人晚上等不见回来，跑去一看，人在土堆里，刨开已经没有了气息。还有，你看现在十二洼的沟边上、羊圈门口的拐角里，留下来的那些破窑洞，就是有人在那里修地方，土质不好，窑修得不正，人还在里面干着，就塌方了，死了几个人。

“后来晚上我就跟着去，我去给拉土，把你两个姐姐锁在屋子里，修到后半夜，我们才回去。有次回去，我记得是冬天，你二姐从炕上掉下来了，掉在了炕棱根底，已经哭得睡着了，那时候才不到半岁。你父亲看着你姐在地上，就赶快抱起来，用衣服包住抱着呜呜地哭个不停，我还给你父亲宽心哩。我不宽心也没办法，主要是给他鼓士气啊。唉，现在想想都遭罪。”说到这里，母亲陷入了深深的沉思，好几分钟没有半句言语。

回去的时候，父母亲经常还在大庙旁边的大场里偷生产队里的麦草。母亲说：“回去烧炕做饭呢，因为那时候没柴烧。有天晚上回去时，你父亲担着两个大篓，在场院里填麦草，我扛着铁锹镢头在场边上放哨。我急得在场边上站不住，因为那时候已经后半夜，也没啥人，关键是你两个姐姐在家里锁着，你大姐用布条在炕上拴着，你二姐还不会爬，用被子在炕上围着，就那么大的两个娃，在家里。”母亲说到这里，在我的席梦思床上用手比画，说还没有我一米八大床的一半。

母亲就急着要回去，刚顺着路从河渠里向下走，看见黑暗处有一双蓝莹莹的眼睛在看着自己。是一只蹲着的狼，晚上看着就像人一样站着。母亲受到惊吓，大喊了一声，扛在肩上的铁锨哐啷一声掉在地上了。狼听见了铁器声，就顺着河湾跑了。父亲跑过来，让母亲别喊，说他每天后半夜回来的时候，河湾麻池台的石板上经常蹲着几只狼。

狼有狼的道，它们三五成群地在后半夜出来觅食；人有人的路，父母两人为了有自己的住处，还得在半夜里摸黑前行，就这样地生活着。

修好了窑洞，做门窗又成了问题，因为没有木板。门窗那时候最大的作用是遮风挡雨。这又成了父母的心头病。

母亲说：“刚修好窑洞时，窑洞的门框是椿木。椿树来自小洼山。那时候我们去上工，夏天里天下暴雨，椿树在沟边上，被水冲下了山洼，你父亲看见了，晚上就去给咱扛了回来。树枝做了柴火烧，树身就锯成了门框，可是还没有门板，就全村跑着买，还欠账。我记得门板后来是在湾子蛮旭家买的，花了16元。这个钱，我们住进来两年后才还上，人家算是帮了咱，恩情是要记住的。”

新窑住上后，门口连棵树都没有。那时候烧柴都要到属于集体的树林里去拾。母亲就给父亲说，咱们要栽树。“出去见树苗了，我们就连根带土挖回来，栽在了门前。门前后来就慢慢有了杏树、桃树、楸树、槐树、桐树，等等。还有，门外的沟里，还是栽树。栽什么树好呢？最后商量栽洋槐。因为洋槐树的特点是耐干旱，耐瘠薄，易生长，繁殖快。”父母亲就去树林里挖了两捆洋槐树苗。到现在，那些树已长了三十多年，长成了一沟。每年的春天，开遍沟洼的洋槐花幽香沁人。农民采摘洋槐花做成的麦饭，曾经是春天里最有营养的食粮。为啥要栽树？就是树慢慢长大了，就不用再去树林了，门前树上的偏枝细叶就够日常烧火用了。

2009 年以来，彬县把告别土窑洞、危漏房、散居户作为农村工作的重点，持续强力推进“三告别”工程，促进了城乡统筹发展。县政府累计投入财政资金 7890 万元，搬迁贫困人口 9206 户 38060 人，其中特困户 3780 户 15628 人。在史家河村，最显著的就是在三组的平地里，由政府投资修建了史家河村新农村示范点。在党家掌、纪家湾、田家窝住了多半辈子的人，告别了自己黑漆漆的土窑洞，喜气洋洋地搬入了新居，还吃上了自来水。住在窑洞那些年，男人们早上起床，首先是要挑着水桶，走上几公里的陡坡路，去山沟底下的河渠边担水，一个上午才能来回两次。

挑回来的那点水，做饭都要省着用，更别说洗澡了。夏天洗澡就是到河里游一圈，冬天不洗澡，一年也正经洗不了一两回。就是这样，史家河村的部分人现在还日复一日地重复着，为了生活。

第三辑

1980年至2000年

单包

1978 年 12 月，十一届三中全会的春风吹遍了祖国大地。史家河这个偏僻的小村庄，霎时也开始暖和起来，以家庭联产承包责任制为主要内容的经济体制改革大潮逐步拉开序幕。1980 年 10 月 23 日，中共陕西省委发布《关于认真贯彻执行中央（1980）75 号文件，进一步加强和完善农业生产责任制的通知》，要求完善农业生产责任制，区别不同情况，实行包干到户。

1982 年夏季以后，陕西省普遍实行包干到户，即家庭联产承包责任制。同年 8 月，中共陕西省委发出《关于当前川原灌区农业生产责任制几个问题的通知》，提出“在川原灌区，大多数群众要求包干到户的生产队，应当支持”，“要搞统一经营、统一管理下的包干到户”。从此，全省农村包干到户生产责任制冲破了前几年曾划定只能在山区和贫困落后队实行的界限，得到迅猛发展。

到 1983 年年底，全省农村 16.3 万个基本核算单位，实行各种形式的联产计酬责任制的占核算单位总数的 99.9% ，其中实行家庭联产承包责任制的占 99.4%。这种责任制，保持了土地等基本生产资料仍归集体所有，只是承包给农户，以家庭为主进行经营。承包土地的农户依法向国家交纳农业税，交售一定数量的农产品，按承包合同向集体上交提留或承包费。群众称这种责任制是“交够国家的，留够集体的，剩下都是自己的”。这一历史性的改革，彻底地纠正了长期以来生产管理过于集中、经营方式过于单一的“三级所有，队为基础”体制的弊端，克服了生产上的“大囫囵”和分配上的平均主义，使农民有了充分的经营自主权，调动了生产积极性。

母亲说:“单包后，咱们分到了几亩地，分到了三棵大杨树、一棵大楸树，还和宏道家合伙分了一匹瘦马。瘦马是两户人共同所有，就商量轮流喂养，一户一个月。养了半年多，牲口的年龄也大了，在生产队里出尽了力气，后来就拉到集市上卖了。卖了瘦马后，大家又给各自家里买牲畜。你父亲就去集市上买了一头老黄牛，老得连牙都掉了。买的时候，你父亲不懂看牛的牙口。人家卖牛的说，他家一家子人都懒，尤其是牛在儿子和儿媳妇的窑里，他晚上没办法给牛添夜草，才把牛喂得一阵风能刮倒。牛拉回来后，连槽都不上，已经老得吃不进去草，我就让你父亲拉着去卖。他就拉着牛从对面小章乡路村的山上上去，走到阎子川的于家沟，牛走累了，遇见沟里一池泉水，就喝了个饱，当场胀死了。”母亲说这事儿时，在一旁的父亲双眼直瞪母亲，说：“那时候我也是年轻娃娃，谁懂牲口嘛！”母亲笑了，说：“你看你父亲急了，嫌我揭他年轻时的短了。”

1980年除夕，我出生。母亲说，我出生前，家里的那头老牛死了，还死了两只猪，牛是老死的，可是猪死的原因不明。牛死后，父亲着了急，这可是家里最值钱的家当啊，就找了村里在县上工作的熟人，做了保证，牛不是被毒死的，最后才贱卖给了县里的屠宰场。

“那时候，我和你父亲的日子过得不好，没吃没喝的，两个人还经常打架。你奶奶是个讲公理的人，一切都看在眼里，就给你玉英姨传话，说你给我家大儿媳妇说，两个人再不要打架了，她老太太心里有数，让他们好好过日子。”

母亲说：“那时候二三月，苜蓿是主要的口粮之一，我把苜蓿背回来，放在锅里煮熟了，然后和着高粱面做菜馍馍吃。你大姐端着碗去隔壁你俊明爷家，说‘我妈做的馍馍好吃得很’。你俊明爷听见这话，差点都哭了出来。他那时候是县里中学的校长，知识分子，当校长时每次脱稿讲话顺口成章，在彬县南北二塬都是能行人。你俊明爷把你父亲名字一叫，给你碎奶说：‘把给我吃的那些给娃吃。’你碎奶就给你大姐舀了一碗。人家吃的是擀白细面。我看着你姐那么小，太可怜，没有啥菜吃，我每天上工前，就给上衣兜里装个小刀刃，从崖头山上去，顺着埝畔割长出来的野韭菜，挖半尺高的野小蒜，把一道道埝畔都跑遍，直跑到四亩岭，大半月的菜也就有了。

“有次我和你父亲又吵了架，没啥吃带着你大姐在门前的崖边上坐着，你俊明爷过来说：‘娃你带着孩子赶快回家，坐在这里风大地凉。’我不起来，后来他就把我拉起来，看着我回家去，才放了心。现在想想，估计是你俊明爷担心我一时想不开，再抱着你大姐从崖边跳下去了，那时候你大姐才一岁多。因为那时候经常有人离不了婚，家里人稍不注意就寻了短见。

“单包后，家里分的那几亩地，我们就不分昼夜地照看着，也赶上了风调雨顺，庄稼长得好，才终于顿顿吃上了白面馍。看着你两个姐姐大口大口地吃着热腾腾的白面馍时，我的心里又难受起来。就是从那几年开始，家里的光景才一点点好起来，至少人都能吃饱肚子了。每年在场院里收拾粮食时，掉下的麦粒儿都要捡回来，还把碾过的麦草一遍一遍地翻干净，就怕落下了粮食，那就是罪过了。”

90 年代，已经在县城当上党校副校长的俊明爷，不幸因病去世。我记得是初冬，寒风吹，雪花飘，县里派来的吉普车来来回回地接送吊唁的人，车子的雨刷器已经不见了踪影，司机不一会儿就下车擦拭车玻璃上的雪花。父亲作为主要劳力，从祭奠到安葬结束，始终忙前忙后。这可能也是对叔辈的感恩吧。

巧云娘

母亲说："我记不清是哪年，你巧云娘去世了，且死在了娘家。家族里的人心里都为之一颤，我和你父亲就下定决心好好过日子。你巧云娘死得惨。就在你巧云娘去世的那天中午 11 点多，我还和你父亲在为过日子吵架。你录录叔在门外喊，我和你父亲都没应声。你叔进来时，你父亲正在炕头上斜躺着。你叔说：'老哥你咋了？我给你说个事，害怕得很。'你父亲一骨碌爬起来，说：'咋了？'你叔说：'巧云嫂子死了。'你父亲说：'啊？你咋知道的？'你叔说：'我刚从旮旯下来，人家说后玉的娘家派人来报丧了。'自从那事以后，我和你父亲基本再也没吵过架。"

那时候，村里有人给母亲说，看着我家的日子那么可怜，让我母亲离婚。我妈说她娘家成分不好（那时候分地主、富农、贫农，我外爷家属于富农），受罪享福就是这样了。"你巧云娘因为日子过不下去，就跑回了娘家。娘家的人也不关心，最后就上吊自杀了，死得那么惨。我看着我娃眼睛黑汪汪的，咋能舍得呢？”

母亲说：“那时候咱家族里在外干公家事的人很多，我离不了再那样也是白白地丢人。咱们村里那时候只有巧花家的日子过不下去了，一个人跑了，走的时候也没要户口，也没有领结婚证，就丢了几个娃，她男人一把屎一把尿地把几个娃拉扯长大。娃虽然长大了，但是受的苦全村人都能看见。那几个娃冬天里穿不上棉衣棉鞋，冻得鼻涕流得半尺长。那么小的孩子，冬天脚上连个棉鞋都没有，两只脚冻得像红萝卜。

“后来听说，巧花走到了乾县一带，找了个人嫁了，生下个男娃后来还考上了大学。这是前些年的事情。后来巧花和咱村她这几个娃也来往着，还给原来的男人做衣服、做鞋子，就是不见原来的男人。巧花为啥走？就是自己的男人疯了，听不进去一句话，回去就拿自己的老婆撒气。巧花也是不得已，就走了。这男人就多半辈子都打光棍，现在都七十多岁的人了，见人还是口口声声地，忆起自己老婆的好。”

母亲在和我聊这些事情时，说她在电视上看到一档家长里短的节目，节目里说的是男主人公整天在外酗酒，喝多了就回家打媳妇，两个人上了电视，在电视上还吵架。小儿子搀着自己的母亲，他母亲哭得像刘备一样，说大儿子儿媳妇都已工作，这是多么丢人的事情啊。不识字的母亲，是因为一部《三国演义》，知道了刘备的江山是哭来的。中国从秦始皇开始，出现的近五百位皇帝，她就知道这一个。刘备作为草根皇帝，就是一个字——哭，这后来成为中国老百姓的一句俗话。就是在这部小说里，刘备的哭，被白纸黑字地记录了几十次，中国农村这句俗话往往是形容谁爱哭。别人在嘲笑时，往往就提起刘备这个名字；甚至爱哭的人，也被冠上了“刘备”的绰号。

巧云娘是家族里四伯的老婆。四伯一辈子比较木讷，不善言辞。她结婚后几年里，生下了我文彬哥。我听老人说，巧云娘是塬上人，嫁给了四伯后一直不愿意过日子，一直闹着要离婚。那时候我们家族大，生产队不同意，巧云娘没办法，就跑回了娘家。回娘家后，娘家人的旧思想认为，嫁出去的闺女，泼出去的水，结婚后是婆家的人，死了也是婆家的魂。巧云娘在娘家没地没粮，也和父母说不到一起。

有一天，家里的人都去了田地里劳动，她在家里的炕沿上，绑上了几块石头，自杀身亡。她娘家村边的沟边上，有一处废弃了的窑洞。家里的人就做了个简易棺材，用胡基垒了个土台子，把棺材放在窑洞里，用土块把窑口封住了。巧云娘的魂灵就在娘家孤独地躺了二十多年。

后来四伯患病，一分钱都没舍得花，他想着留给自己的儿子娶媳妇，也没有去医院，就那么死了。他死前，告诉我文彬哥，他唯一的愿望就是把自己老婆的棺材迁移回来，和他埋葬在一起。四伯死了后，父亲这些弟兄就去了后玉，找见了当年埋葬巧云娘的那孔窑洞，扒掉窑门前扎的胡基，用铁丝将还没腐化的棺材进行了扎束，雇了辆拖拉机拉回了村。

四伯和巧云娘年轻时没有好好生活在一起，去世后两个人终于一起长眠在小洼山阳坡旮旯的宽埝里。这里也是他们一起种过庄稼的地方，一起吵架的地方，一起抱着自己的儿子路过的地方。

如今他们俩冷冷清清地长眠在这里，他们的儿子却早已经和家族里的人失去了联系。他在哪里？干什么工作？有人去镇上的派出所查询了下，发现他竟然连二代身份证都没有办理过。他离开村子这么多年，怎么生活？至今杳无音信。多年前有在西安开出租车的村里人说，在西安的繁华地带——钟楼附近，见过文彬哥，熟人把车停了去喊他，他神情茫然，顺着人群一溜烟不见了踪影。父母已不在，他选择了在这个大千世界里混迹人生。

邻里

《孟子·滕文公上》说:“乡里同井，出入相友，守望相助，疾病相扶持，则百姓亲睦。”描绘了一幅邻里相亲的美好图景。中国是礼仪之邦，祖祖辈辈流传着许多有关邻里关系的俗语歌谣，如今听来仍然极有教育意义。譬如，“远亲不如近邻，近邻不如对门”“有缘成邻居，附近伴如亲”“你敬我一尺，我敬你一丈”等等。邻里之间，房前房后相通，户左户右相连，常常不是东邻家的鸡跑到了西邻家的窝里下蛋，就是南邻家的葫芦藤爬到北邻家结下硕果，各种纠葛也时有发生，积怨已久的可能会发生争吵掐架，从此老死不相往来；有的却当面说开，征得对方理解，然后哈哈大笑，拉手言和；有的双方则“远亲不如近邻”。所以说，邻里的关系是建立在农耕文明基础上的，是人际相互依存度高的产物。和睦如亲的邻里关系，一直都是传统文化价值中最具温暖、最具人情味的一抹亮色。

宏道和我家做了三十多年的邻居，也是家族里出了五服的远房伯叔。这么多年来，因为我家新窑洞建成，双方的矛盾一直都是无法道尽。在农村，鸡毛蒜皮的事情就会导致邻里关系的僵化，永远不说话，甚至恶言相向。

母亲说："宏道家，这几年我都没给你说，前几年我把他们老两口都打了。那年你父亲外出打工了，宏道家老婆偷咱家的油菜叶子，我在党家沟口的山上放羊，把羊交给和我一起放羊的人，就跑了回去。我跑到地里，一把把她拉倒。我是鼓了劲的，一拳头上去就把她的眼圈给戳青了。人家躺在地里喊：'打人了，打人了。'那时候你岁串娘在门口的石墩上坐着，人家老婆喊着说：'岁串岁串，你赶快拉架来，别把我打散架了。'打了后，我就又去放羊了。那几年家里已经有了电话，我晚上回去就给你父亲打电话说了，你父亲说让我别惹事。

"还有一次，我从地里回来，看见宏道在咱家门口两家隔墙的树底下喂咱家的鸡，咱家的一群鸡已经快吃完了人家撒的麦粒儿。我站在门边的不远处一直看着，大一点的鸡还正在吃，小鸡已经躺在地上快没气儿了。人家给鸡吃的是拌了老鼠药的麦粒儿。我跑到他跟前，人家正要跑，被我拉住，把外面穿的褂子扯下来，从门前的荒洼里扔下去了。鸡一会儿就死完了，我生气地将死鸡从人家门里扔进去了。后来想想又不对，死鸡扔人家里连证据都没了，我就又拾了出来，然后跑到他家的鸡窝里抓了他几只鸡，提着回去了。

“还记得有一年，宏道家丢电视机的事情。那时是摘苹果的季节，我去你大姨家帮了半月忙，回来村里人说，宏道去派出所，说你父亲把他家电视机偷走了，派出所里还来了人，在咱家里还找了下。我回来后，宏道家婆娘站在咱们门口骂，让归还他家电视机。我在家里拿了一条棍，追了出去，人家就跑了，跑着跑着，不知被啥绊倒，从路上滚下去了。她连滚带爬地起来冲回家，把她家大门关了，几天没出来。我就每天去她家门口吵，让她出来说清楚。后来她说要去老爷庙里发誓，我就跟着她去了。刚走到滩边的路上，人家趁我不注意跑了，顺着河渠上面西头门下的胡同冲上去了，崖头咀上散心的人都拍手大笑。他家电视机其实没丢，有人去他家，见他家看的还是那台老电视。”

我就问母亲，我家和宏道家作为邻居，还是远房的叔伯关系，为啥这么多年来有如此仇恨？母亲说：“70年代末，我们两家开始做邻居，人家在先，我们在后。他们嫌弃我们修庄基地时，挡住了他家的风水。那时候，人家正值壮年，两个儿子也都二十多岁的人了，基本上每周都要打一次。尤其是我家原来的厨窑，和人家的窑洞几乎连在了一起，后来两家的老鼠洞都连在了一起。还有，就是做邻居，分地的时候地界也挨着，他总是在犁地时，要越过地界犁咱们的地，就喜欢占便宜。土地是农民的命，把咱家的地慢慢就占过去了。两家就为这些整天吵架，其他根源上再也没有啥事。你刚出生时，我在月子里，咱家都没水吃，原因是人家不让咱从他家门口路过。当时我就说要打官司，跑到镇政府找领导评理，镇上的领导和包村的干部贺会民说，要主持公道。”

母亲说：“那年，宏道又把你父亲打伤了，就正在住院时候，我记得那天晚上电闪雷鸣，下着瓢泼大雨，第二天你奶奶去世了。就在我们住医院的前几天，天气就不咋好，我记得为了去找镇政府，晚上下着雨，伸手不见五指，我拄着根棍子，去二队梁上的村上支部书记家开证明手续，从山上爬上去，又溜下来，不知道跌了多少跤。那时候咱家穷得连个手电筒都没有。把证明手续开回来，我套的牛车，把你父亲拉到北极镇的派出所，给派出所把伤口看了，又去镇政府，给政府的领导也看了，他们都让先去医院里看病。为啥给他们都看呢？我当时想的是，不给看，不通过组织来管，到后来连住院费都没人承认的，何况最后还要打官司呢？当时咱家的麦子都还没全部收回来，我每天白天在医院里照看你父亲，晚上还要回来割麦，天亮了就又到医院里去，场院里的麦子是你四哥和你三姑夫给咱照看着呢。”

《周礼》记载：“五家为邻，四邻为里。”邻里关系作为乡土社会的地缘关系，是社会结构下极其重要的一个部分。在农耕时代，邻里间“守望相助，葱酱相借”，即使在今天的农村，去邻居家借食盐借农具的事情还大量存在。邻家没食盐吃了，正好还没到镇上逢集时，就端个盐盆子，让小孩去借上一些。小孩回去时，还会叮嘱：“走慢点，别撒了。”至于最后是否还，已经不是什么记到心上的事情了。母亲说，村里有谁向你借东西，说明你家人缘好，大家才会来张口。还有，就是妇女之间借发酵的面疙瘩，这最正常不过了。村里的妇女在蒸馒头时，有时忘了取一些下次蒸馒头用的发酵面出来，等到用的时候，翻遍了瓦瓮也找不见，就去邻里借些回来，解决要蒸发面馒头的燃眉之急。

几十年间，中国社会急剧转型，农村逐渐变成了空虚的村庄。由于村里的人都逐渐进城务工，一年半载也见不上几面，农村中这种传统的感情已经变得淡漠。就在我现在居住的西安的楼宇里，已经住了五年，但是同一楼层的四户人家，我至今连对方的名字都不知道。偶尔同时上下楼，打声招呼，以示问好。有天晚上，我给还在哺乳的爱人做鲫鱼汤，翻遍厨房也没找见一块姜，可是门口的蔬菜店已经关门，就去向邻居借了。邻居也是一对年轻夫妇，说平时也不太做饭，把自己家厨房唯一一块姜送给了我，让我感动万分。在城市里，人与人更缺少的是敞开心扉的交流。在城市，与其说是商品房造成了邻里关系的淡漠，不如说社会结构由于生活方式的变化而出现情感的断裂，更使人与人之间，多了一层隔阂和戒备，少了一份热情和交际。

2016 年深秋，我的远房叔伯宏道给弟弟打电话，说自己的孙女出嫁，说他请了家族里的所有人，让我弟弟也参加。父母不在县城，弟弟作为我家的代表，常年乡里乡亲的有了红白喜事，他都得去随礼，这是农村人情社会礼尚往来的主要活动。接到宏道叔的电话后，弟弟作了难，去随礼也无可厚非，虽说是已经出了五服，但还是一个族脉；可是随了礼，父母不知，或是知道了心里不舒服，都是不合适的事儿。弟弟问我，我就回家问了母亲。父母亲当年确实因为遇到这个邻居，吃了不少亏，但这些都是已经远去的旧事。我没有直接问母亲，担心她一时心里想不开。我给母亲说："宏道家小孙女出嫁，听说给家族的人都说了，咱们家是否要去随礼？"母亲随口就说，要去。宏道的小孙女，是他大儿子的二女儿。大儿子年轻时娶不到媳妇，就外出来西安打工，后来与长安县的女人结婚，并倒插门做了上门女婿，生下了二女儿，在襁褓之中就给送回了老家，由老人抚养成人，如今已到了出嫁的年龄。母亲说，要去随礼的原因，是因为别人邀请了咱，咱再不去，就是不懂礼节。虽然过去两家之间发生过许多不愉快，但是如今都已经成了老人，不堪回首的往事也就随风飘散。而如今，随着村庄的拆迁，大家的住处已不在一起，毕竟还是同一家族的人，毕竟也是做了多半辈子邻居嘛。

计划生育

1962 年 12 月，中共中央、国务院发出《关于认真提倡计划生育的指示》。1973 年后，开始严格控制人口。1982 年 6 月，彬县县委、县政府发出《关于认真贯彻执行中共中央、国务院关于进一步做好计划生育工作的决定》。计划生育已成为国家的一项基本国策。直到 2002 年 9 月 1 日，《中华人民共和国人口与计划生育法》实施，计划生育工作已经上升到了法律层面。

国家曾提出的口号是“晚、稀、少”，即晚育、拉开生育间隔、少生孩子；后来则将“少”具体为“一个不少，两个正好，三个多了”；再到后来，就是一对夫妇只能生一个孩子。大部分农村人因为传统思想和对男孩的依赖，如果是“双女户”，还要生第三胎，直到生个男孩出来。在中国的农村，在史家河这个偏僻的小村庄里，性别比失衡的总根子在父系血缘传承制，讲求子承父血，孩子统一随父姓，没有儿子就是绝户头。一个爷爷辈儿的人给我说:“为什么大家都一定要生个男孩呢?你看看咱们这里的地形，如果你想把架子车从坡里拉下去，一个女娃娃家能扶得住车辕吗?也就不用说犁地耕种这些更需要力气的活计了。”爷爷辈儿的人其实说得对，细细想来，也确实是这个道理。

母亲说:“1983 年 12 月，计划生育的风头很紧，那时候你弟弟快要出生了。每当镇上管计划生育的人进村，村里的好心人就赶快来给我说，我就跑出去躲了。我已经提前把家里的粮食都装到袋子里，放在别人家了。我去河对岸党家沟你姑奶家，在你姑奶家的柴草垛里坐了十几天，还在门外沟里的崖缝里坐了好久。在崖缝里躲计划生育时，一天只吃两个馍，馍还是给牛割草的人偷偷给我带来的。尤其是你果果奶，那次救了我。我听人说镇政府的计划生育车来了，我就从咱家低崖坝的埝里爬上去，那时候村上的干部已经追着你父亲在我旁边跑。我从你果果奶家进去，她用玉米秆把我埋在她家牛槽旁边，躲了一天。你父亲跑得快，从埝畔里跳下去跑了，镇上的人没有抓到。那时候基层计划生育工作确实很难搞，所以基层干部在做法上也确实很野蛮。”

母亲说:“有一年，到了夏天收麦子的季节，要罚咱家的计划生育款，咱家没钱，村里就安排人把咱家已经长成的麦子割了去。直到你弟弟十几岁，村里还有人告咱家违反计划生育政策的事情。所以每年冬天，计划生育风声紧的时候，我和你父亲就出去躲了。就这样跑了那么多年。后来我身体不好，经过县医院检查，说我不适合做节育手术，也出具了证明材料，这事儿才算过去了。2007年你弟弟结婚时，村里还有人开玩笑说，你弟弟是‘跑娃娃’呢，大家都哈哈一笑。时间过得真快啊，一晃你弟弟现在已经三十多岁了，你的侄子都四五岁了。”

据《彬县志》载：

> 1986年10月，史家河村所属的北极镇政府被评为全国计划生育工作先进单位，受到国家计划生育委员会嘉奖。

这些年，有专家指出，在经历了迅速从高生育率到低生育率的转变之后，我国人口的主要矛盾已经不再是增长过快，而是人口红利消失、临近超低生育率水平、人口老龄化、出生性别比失调等问题。

20世纪70年代至80年代出生的第一代独生子女，现在已经成了家里的顶梁柱，“四个老人＋两个年轻人＋一个孩子”的模式已经基本形成。有朋友说，她和自己的老公都是独生子女，双方父母当时都响应了国家的政策，当时觉得很光荣。据她爸回忆，那个时候，厂里还因为这个给评了先进，现在家里还有她父亲戴红花的照片。但现在，当自己成了别人的儿媳妇，有了自己的儿子，面对四个老人她开始觉得有种巨大的压力。她说从自己生活近二十年的小县城一路上学、工作、结婚、生子，她从来没有轻松呼吸过，房子、车子、儿子、四个老人，她感觉自己现在活着就是为了他们，如果自己能有个哥哥姐姐，或者弟弟妹妹拉她一把该多好。说这话时，她看着旁边自己不到四岁的孩子，忽然感到一阵心痛——不知道他以后会不会也承受自己这样的痛苦，她想给他生个弟弟或者妹妹，但是她养不起！“这个社会给了我生存的压力，却还要让我把这样的生活传递给我的孩子，这样的日子什么时候是个头啊！”

2015 年 10 月 29 日，为期四天的中共十八届五中全会闭幕。晚上回家，我就打开了电视收看中央电视台《新闻联播》。我给母亲说，国家决定全面实施一对夫妇可生育两个孩子政策，积极开展应对人口老龄化行动。母亲的脸上有种无法言说的表情，她是想起了前些年的事情。她沉思了一会儿，脸上又挂起了微笑，说：“那你姊妹几个可以再生了。”我突然想起了我的朋友，想起了她那天的吐槽。

有关媒体报道，这意味着全面放开二胎政策，将允许普遍二孩。这是继 2013 年，十八届三中全会决定启动实施“单独二孩”政策之后的又一次人口政策调整。之前，从十年前十六届五中全会公告中“稳定人口低生育水平”，到五年前十七届五中全会公告中“全面做好人口工作”，措辞表述的细微变化，也表明计生的色彩在慢慢褪去，对计划生育政策的重视逐渐上升到人口发展的高度上来。

有评论指出，全面放开二胎，意味着实行三十年之久的独生子女政策就此画上句号。这是一个时代的终结，又是一个新时代的开始，那些曾经不符合政策却渴望生两胎的家庭，终于一偿所愿。全面放开二胎，众望所归，水到渠成，这一刻，无数人为之赞赏，也有人徘徊在生还是不生之间，焦灼地思虑着。

2015年12月的某天，在西安上班的高中时要好的同学，给自己的二女儿过满月。他的大女儿已经快七岁。在喝过几圈酒后，他开始向我诉说二胎也是女孩带来的烦恼。当然，同学已经认识到，生男生女都一样，有两个贴心的小棉袄（指两个女孩），也是一件很幸福的事。但是他六十多岁的父母，思想负担就显得有些沉重。同学说:“孩子还没出生时，母亲说自己已经攒了家里卖土特产的钱，还没舍得存，就留着给将要出生的孩子过满月用。可是，当孩子出生，知道孩子是女孩时，母亲的心里就凉了半截。”同学说，老母亲照管了他媳妇不到半月，就回了老家，就连自己的孙女过满月那天，也没有从农村的家里赶来参加满月礼。同学说着说着，开始用手抹起了止不住的眼泪。这也可能是他的女儿满月当天，留下的唯一遗憾吧。我们劝他，父母会想通的，但这也需要一定的时间，期望在城乡一体化的进程中，父母能够慢慢地想明白这些事情，让自己思想中固有的传统观念慢慢改变。

奶奶之死

母亲说："我记得你奶奶是农历五月二十九去世的，活了五十四岁。我知道了消息后，就赶快回来了。你父亲腿不能走，就没能见上你奶奶最后一面。那时候还在祖上的旮旯老地方里，天上连阴雨，加之那天晚上，山上的洪水从崖面子上倒灌下来了。后来听说，那天傍晚，你奶奶养的牛和驴，怎么赶都赶不进圈里去。那天晚上，你奶奶在饲养室里睡觉，就那样被掩埋去世了，圈里还养着的那几头牛和驴也随之而去。"

祖母去世于20世纪80年代初的一个暴雨夜，那年我两岁不到。祖父于2012年农历九月二十五去世后，父辈们一致的意见是给祖母加祭。祖母一辈子生育了八个孩子，家里内内外外处理得妥妥当当，还没享上一天清福就死于非命。那时祖父一家还在原来的老屋住。祖母是个勤快人，为了半夜里给牛槽里添夜草，经常自己一个人睡在牛窑里。突然夜半暴雨，山洪暴发，窑洞坍塌。事情发生后，村里人都跑来相救，用手刨坍塌下来的土块，也没能救下祖母的命，槽里的牲口也同时死亡。

三十年后，祖父去世时，给祖母加祭，一是为了纪念祖母，二是为了感谢村里当年参加抢救祖母、来帮忙的人。那天，村长说这些话的时候，我就跪在地上，给村里的人们磕头谢恩。村里的人在三十年前的夜里，不顾个人安危，不计平日仇怨，把救人当成了天大的事情。他们是村庄的英雄，他们是那场灾难的拯救者，他们是我们家族不能忘怀的恩人。大自然是无情的，它不知道会在什么时候，会对人类有什么样的报复。人类在大自然的魔掌中显得是那样的无能为力。自然的造物不是永远和完美结合在一起，在某种时刻和场合会显得异常狰狞。

据有关报道，某年全球共发生245起自然灾害，数十万人丧生。灾难过后，对失去亲人的家庭来说，带来的是无比的伤痛和记忆。祖母的死，让家族顿时失去了主心骨，何况那时候，四叔才七八岁，还是个需要母亲照顾的孩子。我在给来参加丧礼的人们一叩首、二叩首、三叩首的时候，我看见三叔家的小儿子在那里吃着自己平常吃不上的肉。他的眼睛在看着别人的时候，总有一种说不出的抑郁和胆怯，让人有一种心灵震撼的难过和怜惜。就连他的名字“江虎”也是祖父给起的。祖父从老大和老二家孩子名字的字里，各选了一个字给老三家孩子，就把名字起好了。

我也在想，当年祖母去世时，四叔还是个穿着开裆裤的不懂事的孩子，他看着眼前山崩窑塌、电闪雷鸣、大雨倾盆、众人相救的情景，会在脑海深处留下多少不可磨灭的印记啊。

祖母去世时，父亲还在医院里。父亲没能亲自送自己的母亲走完人生最后的一程。这也是我所说的，他心里深处伤心的记忆。只是已经年过久远，父亲也是六十岁的老头了，我作为儿子，不能再提及这些事情。

宏道是父亲的仇人，从我记事起我们两家就不再说话，也就是那年，他和自己年富力强的儿子把父亲打得头破血流、大脑受损，后来父亲几经治疗才得以痊愈。这些事，也是我这次回到老家，和父亲一起整理当年一直挂着锁子的他和母亲结婚时的唯一家当——红木箱子时才知道的。他那时写了一沓沓的申诉材料，上面写着："乡公社，某年某月某日我村村民史宏道，用耕犁从我家晾晒麦子的场院里犁过，我找他说理，他和自己儿子史西涛把我打伤，我住在了北极地段医院，就连我母亲去世都没能回来，经检查脑部受损……"我不忍心再看下去。薄薄的纸张已经霉烂，我只问了父亲，这些资料还要不？他说："你看没用了就扔了去。"我扔了那些纸张，我也想扔掉父亲那时的痛苦，不想让他再一次看到这些自己当年心酸的事。

母亲说，就在祖母去世的前一天，她还来问父亲的伤情，还去找村主任评理，还帮我家把地里收割下来的麦子一捆捆地背到场院。

如今，夺去祖母性命的窑洞还在旮旯深处，成了一堆黄土，已经被柴草和落叶埋没，看上去像一座坟冢。旮旯深处那几户人家，住处年代久远，面临危险，在村委会的干预下已经搬到了村庄小学临时借住。那座没有了孩子的校园，成了这些人的新家，他们在曾经的校园里养狗、养牲口。我路过时，只听见几声犬吠。这是村庄最大的声音。

卖树

母亲说:“咱们家里在银行里开始有存折，还是从卖树开始的。单包那时，给咱分的三棵大楸树，后来就卖了两棵，加之那时候塬上人盖房的多，他们没有檩条，就来村上买。我那时候主意正，就让卖了。”说到这里，母亲又开始絮叨说，“家里现在还剩下的那棵楸树，已经没人买了，塬上人现在盖的都是楼板房，用不上木料，如果那时候能卖的话，也值个千把块钱。现在却叶长叶落，孤零零地长在楸树底的那片薄地里，没人照看，万一哪天被人锯了拉走，咱生活在城里，连个时间都不知道。”

母亲是被丢树吓怕了。

20 世纪 90 年代初，我正在上初中，村里唯一的从河川里通向县城的高安公路修通了，结果给小偷们也带来了方便。高安公路边不远处的土台上，我家地头上的大椿树已经长了几十年，每年春天都枝叶繁茂，夏天都绿树成荫，我那时伸开手臂都抱不住。那是我家唯一的一棵大树，父亲说等我长大了，就把椿树挖了用来制结婚的家具。就是因为那棵椿树，那块地叫“椿树埝”。椿树埝长的麦子不结穗，每年种的洋芋却异常个大肉面。就在一天夜里，椿树被人拦腰锯了去，椿树埝底下就剩下些仅能当柴火烧的细碎枝叶。从现场看，是几个人作为。他们先把椿树锯倒，然后又去掉枝叶。长了几十年的椿树就在一夜之间成了树磙子，被人抬上拖拉机拉了去。

旱冬不落雪，还没压瓷实的高安公路上，被来来往往的车压得汤土能埋住人的脚。土见了风，就轻薄地跟着四处散刮，把村庄的沟沟洼洼笼罩得严严实实。树丢了，高安公路上已经没有了车辙——车过后的汤土，已在风的吹刮下把车辙填平整，没有留下蛛丝马迹，只是偷树人把椿树埝底下的冬麦踩得东倒西歪，树痛苦地倒下时，在埝畔上拉开一个豁口，看上去很是刺眼。树丢了后，椿树埝的地就不再种了，所以过了这么多年，母亲的心里还是放不下。

“树木那时候确实值钱，”母亲说到这里，声音突然大了起来，“你弟去湖北上学时，家里有 8000 元的存款，这在当时已经不少了，至此以后，咱家再也没有过银行存折了。你两个姐姐平时给的钱，我一分都没使用，都整整齐齐地给你们上学攒下来。我知道那时候村子里去树林里挖树成风。村庄里的人家，没柴火烧了也去树林里，要做个新铁锨把、镢头把，甚至小到镰刀把，人人都跑到树林去，看上哪个，就挖了回去。后来，咱家门外沟里面的树也开始能卖钱了，我就和你父亲挖着卖。能卖啥价就卖啥价，只要能攒下钱，我们就起早贪黑地干着。那时候你大姐出了力。每当后半夜三四点时，我们就装上架子车，用牛拉着装满木材的架子车，从龙眼头的坡里向塬上走。不知道那时候木材集市为啥开市早，早上八九点到不了，就卖不出去了。你姐拉着牛绳，你父亲驾着车辕，我在后面还推着。为了省力，咱们两头牛都用上了，从咱们坡里拉上去，一直要把架子车拉到沟老头村的平路上去，我们才卸了牛，我和你大姐再把牛拉回来，看着你父亲一个人，拉着车子消失在天快亮的路上。你父亲热得满头冒汗。没办法啊，为了你们姊妹几个，为了咱们家的日子嘛。

“有天后半夜，我和你大姐拉着牛回来，走到纪家山的沟里，前面路上卧着一只狼。我看见狼的眼睛蓝汪汪的，体形比小牛犊子还大。牛看见狼，扑上去用长长的牴角撵，把你大姐吓得大叫。我就赶快拉住你姐的手，让她别害怕，悄悄地走路。狼从土洼里跑下去，钻进了黑夜里。我走到家里，身上出透了一身冷汗。”

小生意

《说文解字》记载:“民俗以夜市有巂山。”父亲一辈子做过小生意——贩卖过柿子，卖过农用的麻绳，更多的是把自己淹没在村庄的土地里，忙碌而又无可奈何。我们小时候，父亲还贩卖过煤油。村里四老爷家的女婿在油库，父亲就用几十斤装的塑料桶子，把煤油批发出来，然后骑着自行车，挨村挨户地卖煤油。那时候农村还没有通上电，每家每户都是点煤油灯来照亮自己的营生。后来，他又在冬天里贩卖柿子。村庄里柿子树多，每户人家都分有柿子树，在冬天霜降之前，柿子就成堆地被运出村庄。父亲看上了这个生意，他就在场院里扎下了点，村里的人就把柿子一车车地拉来，过秤，数钱，留下来买开春用的化肥和支付子女上学的费用。那几个冬天，父亲都是不在家的。他和几个人拉着柿子，去兰州，去西宁，批发、零售，把一车车的柿子运到有人需要的地方去。进批发市场，进小卖部，用柿子抵吃饭钱，住就住在一堆柿子旁，甚至他还骑着三轮车在语言不通的大街小巷里叫卖。卖完了，如释重负，然后再挤火车、赶汽车、骑自行车，从兰州到西安，从西安到彬县，再骑着自行车顺着红岩河的河川道回来，灰头土脸，一身疲惫。回来后别的事先不管，唯一操心的就是内衣口袋里那一沓沓有零有整的钱。这是他风餐露宿、日夜辗转、费尽口舌才辛辛苦苦换来的血汗钱。

有一年，父亲在回来的火车上遇上了一伙窃贼。窃贼死死地盯着他和一位乡党。他们俩身上带了钱，自是有点慌。慌的原因是担心万一被盗贼盯上后，自己出门几个月，怎样才能给自己的妻儿交代？生意赔本？盗贼偷窃？这些都不是他们所要的。他们所要的是要在过年前赶到自己的家，和自己的妻儿一起，分享自己辛苦之后的快乐。父亲坐在绿皮火车的座位上一动不动，窃贼有的过来跟他搭话，有的故意摩挲着他，有的则在他身后伺机下手。父亲穿着厚厚的棉袄，棉袄内是母亲用一片花布缝下的临时衣兜。衣兜上有三颗大纽扣，它们是挡住外人侵入的最后一道门槛。火车到了宝鸡站，父亲和乡党趁窃贼们打瞌睡，混在下车的人群里，从人生地不熟的宝鸡站下车，然后重新买了到西安的火车票。那时候火车车次少、速度慢，等到父亲回到史家河，已是春节前的除夕夜。北风吹、瑞雪飘，整个史家河村已经进入了一个混沌的世界，只有偶尔传来的鞭炮声声。父亲是从县城走着回来的，他最大的动力就是无论如何要尽早赶到家，家里的妻儿还等着和他一起过个团圆年。我们那时候还是十岁左右的孩子，瞌睡多。寂静的除夕夜里，唯有母亲做的几个菜和一些瓜子、花生和糖之类的稀罕物。等我们睡得迷迷糊糊时，父亲成了风雪中的夜归人。我至今仍能记得父亲全身已经厚厚的一层白。他给我们带回来的是橘子，那之前我们从来不知道橘子是什么滋味。“橘子”二字，我们只在课本里学到过。父亲把我们从暖热的被窝里拉出来，把已经剥了皮的冰凉而又甘甜的橘子牙儿放进我们嘴里。父亲回来了，我们吃到了人生的第一口橘子。父亲还给母亲和我们几个孩子每人买了一双尼龙袜子。能穿上新袜子，是那年春节最珍贵的礼物。我们撕下了袜子上的标签，把它粘在了课本的封面。之后，我们看着他掏出身上那些带着体温的钱，有零有整地清点了一遍，给我们这些孩子们发压岁钱，给母亲说那几个月在外赔赚的事。但是，他从来不给我们说的是，他在外吃了多少苦头，受了多少惊吓。也就是那年春节后，我家的窗户台上晒上了红红的橘子皮。这是存在我童年的记忆里，至今还没有忘却的事，那一幕幕还浮现在我眼前。

电与电视

母亲说，他们小时候，流行过一句口头禅，叫作“社会主义，楼上楼下，电灯电话”。父亲听到，笑了。他说他们那时候的识字教材上，也有这句话。说完，父亲还补充了一句：“犁地不用牛，点灯不用油。”这些话，多年前，对他们来说，还是一种奢望。

据《彬县志》载，1980 年 2 月，彬县变电站开始给北极镇等 12 个乡镇供电，通电 140 个大队。至 1990 年，20 个乡镇全部通电，365 个村通电 296 个，通电户 4925 家，通电率 81%。那时，史家河村还不在 296 个村的范围内，还是靠着煤油灯过活，这才有了父亲贩卖煤油的历史。煤油灯，如今已经不见，那如萤火虫似的光亮，闪烁在史家河这个小村庄漆黑的夜晚，已经成为记忆中的场景。煤油灯很简单，大多是废弃的玻璃瓶，在瓶盖中心打个小圆孔，然后穿上一截用薄铁皮卷成的小筒，再用棉花搓成捻条穿筒而过，筒的上端露出少许，下端留出长长的一段，供吸油用。倒上煤油，然后将盖子拧紧，待煤油顺着捻条被慢慢吸上来时，用打火机或者火柴点着，灯芯就跳出了火红的亮光。为了节省煤油，母亲总是在伸手不见五指时，才点起灯来。就这样，她还常常用纳鞋底的细针，把灯芯拨得很小，煤油灯的光芒如微火般星星点点。

在我上小学时，村子里终于通上了电，彻底告别了无长明灯的历史。通电前，村委会组织村里的劳力栽水泥电线杆，男女老少欢欣鼓舞，奔走相告。男人们都如同船夫喊号子般“嗨哟嗨哟”地呼喊着，抬起十几米长的水泥杆，在田间地头上行走，咬紧牙关，青筋暴起；女人们扛着镢头铁锨，干起了挖地坑的活儿；孩子们跟在大人后面，来来回回地跑在人群里，手舞足蹈。

说起通电，母亲又笑，说：“因为你们经常没事拉着电灯绳儿玩，还挨了几次笤帚疙瘩呢。”母亲的话引起了我的回忆。通电后，我们几个孩子总是抢着拉灯绳，几次将灯绳拉断。每次拉断绳，我们总是你瞅我、我瞅你，吓得不敢作声，然后逃之夭夭。灯绳断了，不得不由父亲出面，将家里的电闸关掉，然后找一根结实的细绳，从开关盒里穿过去，才得以修好。为了晚上能够拉灯绳，我们几个孩子总是抢着睡在靠窗的位置。每当晚上其他人下地小解，总是先要喊着让离灯绳最近的人拉开开关。为了节约用电，家里的钨丝灯泡总是没有超过 60 瓦。母亲要求：人在开灯，出门关灯。即使今天，母亲也是常常宁可摸黑，也不舍得把灯打开。

通了电的第二年，开长爷家有了村里的第一台电视机。这距1958年3月17日，中国第一台黑白电视机诞生的日子，已经过去了三十多年。买回电视机的第一天，开长爷家门庭若市，偌大的一个院子，村里人全部来看稀奇。大伙坐的坐，站的站，蹲的蹲。小孩不打不闹，个个目不转睛盯着电视屏幕。随着画面变化、剧情变化，大伙时而哈哈大笑，时而唏嘘叹息。尽管装有室外天线，但随着天气的变化，电视屏幕还是偶尔会出现雪花点点。大家都睁大眼睛，生怕错过每一个画面。

每到农闲的晚上，村里的男男女女都跑去看电视。为了让更多的人看到，开长爷就把电视小心翼翼地抱出来，稳稳当当地放在院子的蜂箱上，等到电视不转播时，大家才遗憾地散去，顺着月光，三三两两地回家。走在路上，讲解剧情是必不可少的内容。也就是在那几年，我看了《封神榜》《渴望》《半边楼》《青青河边草》这些令人难以忘却的剧目。尤其是电视剧《渴望》，它曾让中国万人空巷，曾经感动了一批又一批观众。还记得当年村里人总结的口号："电视就要看《渴望》，娶妻就娶刘慧芳。"电视不仅给当时文化贫瘠的村庄带来了一丝暖风，更是让中国式的好女人刘慧芳成为每个男人心中对伴侣的渴望。而如今，电视机已经成了老年人主要的消闲对象。我们的文化消费，在这个信息交织的时代，该何去何从呢？

叫魂

在农村，一个人的魂魄丢了怎么办？那就叫魂。这样的民间信仰在信息闭塞的时代，世代传袭，流行了很多年。

《楚辞》之《招魂》篇指出，人将离世时，魂魄离散，必须通过招魂来延其年寿。这种把丢魂人的魂魄叫回其主人肉体的过程，就是叫魂。

在农村生活的孩子，常常会遇到各种惊吓。母亲认为，我们几个孩子如果在哪里受到了惊吓，就得到丢掉魂魄的地点叫回来。小时候，我们小孩子在路边上滚铁环。我一不小心栽到了几米深的大坑里，哇哇地哭个不停，后来被路过的大人们从大坑底拉出来。母亲闻讯赶来，抚摸着我的头，也是一阵哭泣。回到了家里，我一直沉睡不醒，不进吃食。母亲于是慌了神。邻居的果果奶就说："娃是把魂吓丢了。"母亲就在夜里带着姐姐，给我叫了一次魂。

还有一次，是弟弟。弟弟拉着家里的犍牛去河边饮水，犍牛性子急，在路边见了长成的麦地，就挣脱了缰绳跑了过去。弟弟被摔了个趔趄，摔得皮青面肿。母亲心疼不已，把弟弟抱回来，在锅头上用铁勺给弟弟炒了鸡蛋。弟弟都没吃上几口。母亲心急，就晚上带着我去家里的场院里给弟弟叫魂。

母亲用碗在瓦瓮里舀了一满碗面粉，用头巾包了，倒过来提着。到了场院中心，相互围绕着转了三圈之后，我跟着母亲在夜色深沉的气氛中一呼一应地往回叫。母亲一边走，一边口里轻声地喊着:“虎娃回来，虎娃回来!”我在后边拉长了声音，口口声声地答应着:“回来咧，回来咧!”这一呼一应的声音，在虫鸣声渐渐消失的夜晚，由远及近，由低到高，显得是那么急迫。就这样，慢慢地回到了家门口。当进门时，母亲让我先进去，她弯腰将叫魂时手里提的面碗倒扣在稍门外的角落里，然后重重地关了门，叫魂才算结束。待弟弟睡了一夜，第二天一早起来，母亲又给弟弟炖了鸡蛋吃。看着弟弟一筷子一筷子地将鸡蛋夹完，母亲悬着的心才放下来，脸上才露出了笑容。要知道，在 20 世纪 90 年代初，鸡蛋不是每天都能够吃上的，每年到了生日那天，母亲才会给我们每人蒸一个红皮的鸡蛋，然后泡到凉水里，待鸡蛋皮能剥离时，再一个个地发给我们。我们拿着鸡蛋，都舍不得一口气吞咽下去，而是慢慢地用手掰开来，慢慢地送入口中。

一晃已经过去了好多年，我们已经长大成人，走在城市的大街小巷，偶尔也会见树上张贴的小纸片，工工整整地写着："天皇皇地皇皇，我家有个夜哭郎，过路君子读三遍，一觉睡到大天亮。"每当读到这些，我的眼前总是能浮现出母亲给我们叫魂的情景。母亲呼唤儿子的声音是那么虔诚。

我的孩子在出生后不久，有一段时间也是夜晚哭啼不止，一家人围着，急得团团转。母亲建议："可以试试我们小时候惯用的办法，就是把黄表纸点着，在孩子跟前转几圈，然后把烧过的纸灰送出门去。"岳父也是这样建议，甚至还出门去便利店买了一把立香回来。母亲和岳父是同一年代的人，且都出身于偏僻的农村，从小就见识了这种来自乡野民间的方式。不过，这样的方式有诸多迷信的因素，学医的妻子最终未同意。她紧紧地抱着孩子，换着花样地逗孩子开心。过了些时日，孩子夜晚不再哭闹，大家才露出了笑容。

社会结构和文化环境的变化，一辈辈人生活的差别，使我们逐渐从传统的思想观念和意识中蜕变出来。就以我为例，我儿时的点煤油灯、住小窑洞、放牛挖药、拾麦犁地，小学五年级就开始走几十里路上学，和我父辈及祖上的人的生活基本没有什么差别，但是到了我的儿子，他生活在城市里，始终无法再体会到农村生活的时光，他无法认识漫山遍野的野花，他要去动物园、去植物园、去昆虫馆，才能见到一些动植物。他更无法体会到什么是“叫魂”。另一方面，我们的父母生养儿女的最大的初衷是养儿防老，而我的儿子是给我们情感上最饱满的慰藉。

露天电影

在城市里，我偶尔会和妻子，闻着爆米花的味道，进入电影院，看一场时下口碑较好的电影。但是，儿时村庄里散发着浓郁乡土气息的露天电影，至今还是抹不去的记忆。

20世纪八九十年代的偏僻山村，电影这种新鲜的东西，在文化生活还很贫瘠的岁月，无疑会让大人小孩们享受到比白蒸馍还满足的愉悦。因为放电影往往是一件大好事，当听到村子传来要放电影的好消息，大家总是手舞足蹈得连饭都吃不完，就急急地跑去，钻在银幕下面，等着银幕上有人影儿出来。我的记忆里，电影放映的时间，都是在冬天这个农闲时节。放电影的人也是挨村地转，今晚在史家河，明晚可能在旺安，后天可能就在赵家沟。每当我们听到邻村有放电影的消息后，就期盼着骑着自行车的放映员能从老坟地的地方盘山而下，我们这群孩子就追着自行车，一直跑到学校门口的场院上，看着放映员从自行车上的铁皮箱子里将胶片取出来。铁皮箱子上面的字迹已经磨得无法辨认。

电影开始了，一道强光打到银幕上，热闹的人群顿时变得安静下来，双目都直勾勾地盯着银幕。银幕是一块白色黑边的布，用绳子拴了四个角，绑在两边的大杨树上。我们小孩子最喜欢看的是武打、战争片，比如《地道战》《霍元甲》《少林寺》等。每当演完一场电影，村子里场院的麦草垛就遭了秧，村子里的孩子个个都成了影片里的主角，在麦草垛上爬上爬下，将馒头状的垛顶踩了个平。麦草垛是用来喂牛的饲料，庄稼汉们都舍不得用来烧火，常年积攒了下来。不听话的孩子们顾不上这些，一直疯玩着，天黑了也不归宿。被踩塌下去的麦草，在场院里铺散开来。主人们见了，不停地大骂着我们这些坏小子。孩子们知道自己干了坏事，吓得不敢作声，作鸟兽散，四处逃窜——家长知道了，就少不了一顿扫帚把在屁股上的惩罚。家长们会拿上木杈，给麦草垛的主人赔个不是，然后将麦草一点点地挑起来，堆到垛上面去。麦草垛顶做成圆锥状是为了排水，天下雨时，雨水就顺着垛顶滑了下来。麦草垛被我们踩成了一个个深坑，天下雨时，雨水聚积，渗透下去，干黄的麦草就会发霉、变黑，牛的草料就少了些。

还有，看完了电影后，我们这些孩子总是在玩耍时分成两个派别，一派是敌人，一派是正规军。十几个孩子在高低不一的埝畔里相互追打，手里握的是自制的木枪，枪手把上挽的是红领巾，看上去雄赳赳、气昂昂，俨然是小八路的模样。相互追打中，有的孩子逃脱不掉，就从埝畔上跳了下去，有崴了脚的，有摔裂了胳膊肘的，还有被野酸枣刺挂破衣裤的，各种顽皮淘气的事儿多有发生。家长们也是生气不过。摔裂骨节的，就被带到镇上去，找捏骨的先生校正好；衣裤挂破的，自知理亏，回到家里，顺着大门角偷偷溜进去，贼眉鼠眼，赶快将衣裤脱掉，塞到一个大人看不见的角落里，好像什么事儿都没发生过似的。待到家长发现了破衣服，才如实招来。事儿过去了，家长也就责骂上几句，还是得拿起针线，缝补了继续穿。

就是这样，在电视机完全普及之前，露天电影是村庄文化生活的唯一记忆。十里八村的人，三五成群、相互吆喝着一起去。前面的人坐着，后面的人站着，里里外外地拥挤在一起，伸长了脖子，就怕错过一点儿镜头。电影结束后，人们都意犹未尽，留恋着慢慢地散去。村庄平日寂静的小路上，余兴盎然的谈笑声，声声不断，大家争先恐后地言说着剧情，乐此不疲。

几十年过去了，曾经的露天电影也慢慢地从人们的生活里逐渐消失。露天电影是那个时代抹不去的印记，记录了我文化生活匮乏的童年岁月，给我儿时的生活带来了充实和欢乐，也常常唤起我对儿时生活的怀想和心中长久的记忆。如今，在城市，小区的广场上偶尔也有露天的电影，虽也有一群孩子在旁边玩耍，可他们只是平时少了玩伴，见这么多的人聚在一起，就图个热闹，左右跑着玩，而不像我们儿时，是稀罕电影的，能看上几场，那可是最幸福不过的了。

有人说，怀旧意味着心理变老。20世纪著名心理学家罗洛·梅认为：“记忆不光是过去的时间在我们脑海里打下的印记；它是一个看护人，守护着我们最深切的希望、最深切的恐惧、最有意义的时刻。”“80后”的我们，在社会大变局波澜壮阔地发生时，还没有出生，但是我们正好赶上了这二三十年来中国社会发生的巨大变化。如今，在这个资讯极度发达的时代，这个社会给我们带来了太多的成长经历，我印象里的露天电影，折射不出一代人的光芒，但是那确实成为了一代人无法抹去的记忆。

村干部

父亲当过两年多的村委会副主任。我问他起止时间，他叹了口气，说:“都忘了。”我问主要的工作是啥。他又长叹了一口气，说:“唉，主要就是计划生育、缴公购粮。”这时，在一旁的母亲补了一句，说:“还收农业税。”父亲说:“缴公购粮就是农业税嘛，一样的。”

我问父亲，他在村里当村委会副主任时，工资是多少钱。父亲说了一句脏话:“他娘的，好像就没人说过那话。后来大家都有意见，便说每人每月给七八十元，写的都是白条子，直到不干了也没人给过一分一文。村里给我打的白条子，前几年还在箱子里放着，我都是用白纱布捆起来，在一起放着，后来就不知道都扔到哪里去了。那些白条子，还是前些年农村社会主义教育时，镇上干部在村里解决问题时写的，上面还盖着村委会的章子呢。”

对于农村社会主义教育，我有些模糊的记忆。记得镇上有个叫王鹏的干部，整天在我家的窑洞里住着，家里还得给管吃饭。父亲说："那是最后一次。社会主义教育来的人，都是在全县各单位抽调的人，按照上级的要求，他们的主要工作是开展社会主义民主与法制教育，但是他们进村后，觉得情况复杂，就从根本上抓了眼下工作，主要是帮助村里整顿财务，协助村上搞眼下着急的工作，例如计划生育和缴公购粮，还有就是处理村上历年来遗留下来的问题，能处理的就处理了，处理不了的也就放下了。我们工资打白条的事，在当时也算处理了，但是后来还是不了了之了。

"咱们村，那时组织村民劳动时，村里说得好好的，说一晌给大家补贴多少钱。家里有人的人，整天跟着村里劳动；没有劳动力的人，也就没有人去了。后来村里也没有兑现，后来也就彻底没人去劳动了。劳动主要是修路。咱们这地方，一场暴雨过后，大水冲垮路基，或者山石塌方的事情常有发生。村里没办法，就组织人力去修。那时候，哪有现在这么好的政策，上面还会给老百姓补贴一些。那时候的'皇粮国税'，都是一层层加码摊派下来的。

"还有，镇上来村上开展工作的人，没有人给管饭，原因是大家每天都要下地干活，没有人每天伺候着他们。所以需要经常管饭时，看村里谁家有老人在，就安排在谁家。可是后来，管饭的人家，村委会既不给兑现粮食，也不给补助费用，慢慢地，就没有人愿意管这些事了。我那时候当村委会的副主任，得跟着上面来的人开展工作，到了吃饭的时间，就只有带到咱家来了。当时村里还给咱们登记了吃饭的人和次数，说以后给补助钱，后来也还是不了了之了。”

父亲还在说时，母亲开始插话。她说：“你父亲当村干部，主要就是带着人来咱们家吃饭。我那时不但要去地里干活，到了每天两顿饭的时间点，还得赶快回家给他们做饭呢。”父亲说：“咱不管谁管啊？派不下去嘛。镇上来的书记、镇长，还有驻村干部啥的，你让人家去哪里？咱们村是离镇上最远的村子，蒸馍米汤能吃饱吃好就行，谁还有啥要求呢？那时候，镇上来的人都驻扎在咱们一组，村委会又没有办公室，开会也就在学校里。镇上的人吃饭也是就近原则，在一组嘛。不像现在，咱们一组没有了人，镇上来的人都在三组的新农村居民点。后来，镇上来人吃饭的问题就算解决了，规定了在谁家吃饭，等夏粮缴了后，村里按照人家管饭的次数，给些粮食就过去了。”

父亲说，他们那届村干部上台，原来遗留的问题都没有解决，只顾了眼前着急紧要的事情。那时候，为计划生育、“皇粮国税”，经常在镇上开会到半夜，村里连镇上下达的各项任务都完不成，哪有时间管那么多的事情呢？“咱们村是个烂摊子，用咱农村话说，这样的烂屁股，谁能擦得净啊？”

父亲在村委会副主任的位子上干了两年多，用他的话说，就是坏事和好事是相等的。“那时，村里的群众对村支部书记意见很大，所以许多政策在群众之间落实不下去。镇上的副书记和副镇长想让我参加下一届村支部书记的选举，加之我那时在村里也干了不少实事，镇上的领导就要介绍我入党。后来让当时的村支部书记知道了，我的入党材料被人家抽掉了。为啥后来人家的儿子和我的名字叫成一样的了？人家偷梁换柱就成党员了。再后来村支部书记四处告咱家的计划生育超生问题，四处写材料，写了好多年。我当时就从村委会副主任的位置上下来了。”

我问父亲：“那时候是不是在村里惹了不少人？”母亲笑了，说：“群众见他们村干部都躲着走。”父亲说：“尤其是每年冬天的计划生育工作，村里大多数人都超生，镇上决定要将村里的哪户人家作为典型，都会提前开会安排。村干部也知道村民的可怜，有时候就偷偷露个风声，等镇上干部带着村干部去时，人就提前把门锁了，躲到其他地方去了。那时候咱们一组有人经常性在纪家山的埝畔上坐一整天，他在高处，能看见自家的院落，他就知道落实计划生育的人啥时候来、啥时候走。等看到镇上的干部坐上车，顺着盘山路上去时，群众就回来了，又开始继续日常生活，喂牛、做饭、种庄稼。尤其冬天里，田地里没啥活儿，群众就把攒了一年的土粪用架子车一车车地往麦地、油菜地里送。我记得走到湾子一户人家时，门上已上锁，同去的村干部给镇上的干部说：‘这家没人。’镇上的干部看那户人家门口的架子车进进出出留下的辙印还那么清楚，就生气了，说：‘这人绝对刚跑没多远，他跑了今天跑不掉明天。’然后坐在门口等。村民就也坐在人家的门口，抽起烟来，谁也不吭声，都过了吃饭的时间——冬天天黑得早，太阳都快落山了——村干部就给镇上的干部说：‘先吃饭吧，吃完饭再说。’那时候镇上的干部也不容易，自己负责的村任务完不成，要扣工资，那时候工资才有多少钱呢？还得养活一家老小。另外，任务没完成，他们也不敢回到镇政府去，回去了要挨骂，干啥工作都不容易。”

这时，母亲说起了我家族二伯当年做村干部的事情。她说村子里的人，在背后骂了他半辈子。说是当年计划生育工作抓得很紧，每个季度有一次。一般4月、10月是重点，主要抓安环、刮宫、引产、结扎和普查（查环查孕）工作，简称“安引刮扎查”。镇里会根据育龄妇女和已生育妇女的情况，给每个村里分派“安引刮扎查”任务，且必须落实。

计划生育工作当然不仅仅是“安引刮扎查”，还有一项更重要的：收罚款，俗称“超生费”。二胎超生费的标准当年大概是按照农民人均纯收入的7倍来确定的，1995年至2004年间，大概是在几千元到一万多元。三胎差不多要翻倍。这对于年收入几百元到一两千元的农民来说，无疑是一笔巨款。因此，收超生费并不容易。平时，超生费由镇政府委托村里收取，镇政府给予村里一定的工作费用。

二伯那时是村支部书记，带着镇上的干部去一户群众家，家里的女人跑不及，没办法，就跳进了自己家的粮食囤里，藏了起来。镇上的干部就问家里的男人，说："你婆娘（当地俗称）哪里去了？"男人说："婆娘去娘家了。"这时窑后头粮食囤里发出了声音，镇上的干部就让在家里搜。二伯把已经怀了孕的女人从粮食囤里拽了出来。那个女人全身都沾上了土，被人当场带走，带到镇上的医院做了计划生育手术。

母亲说："你说他二伯干这事，村子里的人都说成啥了呀？"母亲刚要说时，父亲生气了，他在餐桌前挪了挪椅子，声音大了起来，说起了母亲，说："你说话要讲理啊，谁愿意去惹村子里的人啊？整天低头不见抬头见的。你说人家镇上的干部就在身边跟着，他二伯不那样做能行吗？人说啥都要一分为二地去看待嘛，那时候的村干部也不好当。那时候民间传的计划生育口号就是'宁可舍一命，也不要一个人头出世'，这些都是硬指标啊。"父亲说完了这些，又重重地叹了几口气，说："现在想想都可怕得很啊。"

上学

母亲说，我们上学那几年，家里穷得就剩下了那些年攒下来的粮食。家里去磨面，都没有钱。“那时候你大姐刚结婚没几年，你二姐也在咸阳上学，你和你兄弟上初中。家里每年供你们上学的费用得将近两万块。每次我们把粮食淘洗干净晒干，就为磨面的钱发愁。那几年咱们村没电，需要去邻村林家河村磨面。实在是没钱，我给你父亲说，把你哥过节拿来的烟酒用袋子装上，去林家河的代销站便宜卖给人家，换上些现金，好去磨面。每次磨的面快吃完时，就得先思量着磨面钱从哪里来。还有，就是亲戚有个红白喜事，还要去随礼的。南玉子乡你舅爷家给娃结婚，我记得话捎来了，家里没有钱，没有办法，就去你富民爷家借了十元钱，才去了。你富民爷在村上的学校里当民办教师，是有工资的；咱们只种庄稼，加上那时候粮食也不值钱，多年来咱们是被饿怕了的，家里有粮心里不慌，谁能舍得卖粮食呢？时间过得好快啊，现在亲戚红白喜事时，随礼普遍的标准都是100元了。”

在去村里读小学前，我和弟弟基本每天都是由姐姐带着在村庄的河渠边、大场院等地儿玩。父母亲每天天不亮就去开荒种田，当我们醒来，他们都已经干了半天的农活。有年夏天，村子里来了石油勘探队，我们整天跟着一群工人们在村庄里四处疯跑。工人们在村庄里买了西瓜吃，我们就眼巴巴地盯着人家，看看人家要把没有啃完的瓜皮抛向何处。抛得越远，我们跑得越快，捡了回来，吹掉瓜皮上的柴草，津津有味地啃了起来。工人们看着我们满脸的脏污，更是笑得合不拢嘴。

1994年9月，我进入了镇上的中学，读初一。镇上距家里15公里。其实在1992年6月后，我就开始了借读的生涯。那年，我正好赶上了史家河村小学五、六年级撤销合并。村里的完小变成了初小，我们这些农村孩子就开始了外出求学的漫漫征途。父亲带着我，先去了塬上的旺安村完小，但学校报名已截止，且当年将周边几个村子的学生合并到此，拥拥挤挤的班级已是人满为患，只好作罢。我们又去了镇上的中心小学，当时已经开学两周，120元的借读费让父亲心痛得咬牙。外公找了在学区当校长的老熟人，老熟人写了条子，交了书本费、借读费，我才坐进了镇上中心小学的五年级二班。没有住处，当时姐姐在镇中学上初三，正好有个照料，我就借宿在镇上中学的初三男生宿舍。宿舍是大通铺，姐姐的同学很好，每个人的床位在一起挤了挤，给我挤出了一块能缩身的地方。小学五年级的我，和初三备考的哥哥们挤在一起，直到五年级读完。他们上晚自习时，宿舍里不允许留人，我还得完成课余作业，就趴在教师办公室的窗台上，借着办公室窗前的亮光，完成每天的作业。

1993年6月，读完五年级，我转学到了里村完小，度过了小学阶段的最后时光。为什么要转学呢？因为姐姐已经初三毕业，我成了没有人照管的孩子。读六年级时，我住在一位亲戚的办公室里。亲戚是本村人，白天在学校里教课，放学后回家种地。住在学校时，我和五年级时一样，每周回家一次，每周日下午来校时背着一周的口粮。口粮是母亲蒸的大白馒头，冬天里就的是母亲腌的咸菜，用瓶子瓷瓷实实地装了，能吃上整整一周。就是六年级的那年冬天，有次大雪整整下了一周，回村的山路早已被积雪填埋，我断了口粮。周日一早，我还要去镇上参加语文竞赛，年轻的肠胃饿得“咕噜咕噜”地叫个不停。中国有句古话，叫作“饥寒起盗心”。费尔巴哈是德国的哲学家，他也曾经说过这样的话：“当一个人的肚子里没有食物，他的头脑里就没有道德了。”我鼓起勇气，用力推开了学校教师食堂的窗户。窗户里是满满的一大笼白面馒头。左右看了，校园里没有人，就偷偷地拿走了三个，又将窗户轻轻地掩在一起。我至今都能记得那次，心跳加快，满面发烫，可是对一个十几岁的孩子来说，饥饿是多么的无法抵挡。我啃着带着冰碴的馒头，“咯吱咯吱”地踩着雪地，从里村走到镇上，去参加考试，雪过天晴，白茫茫的雪地里，始终都觉得好像有多少双眼睛在看着我，甚至还想象着，当下周一给学校教师食堂做饭的大妈来看到馒头被人偷走了几个，会告到校长那里去，校长会把周末还在校的我从班级里揪出来，说我是拿了馒头的人。

下午三四点，从镇上考完试回来，肚子又开始叫了起来。学校对面村子有个年轻人去世，正好那天是祭奠日，我就顺着唢呐声去了村里吃饭。直到今天，不能忘记的是，那个去世的人叫作“学军”，四十多岁，因家庭矛盾，一时想不开喝了农药，去镇上的医院抢救不成，在我考试的前一天下午，便被用架子车拉着回来了。双腿在架子车后面吊着，用红花的被子盖了身体。当村里人拉着他从学校门口路过时，我就站在学校的大门外东张西望。我期盼着有母亲的身影在学校门口出现，她的背上肯定有一袋子馒头，那是我的食粮。

饥饿，有时候就好像魔鬼，汹涌地袭来，蚕食着人的躯体。我已经记不清那天在学军的祭奠日，我是怎样地狼吞虎咽，是怎样如饥似渴地用吃食填饱自己特别空的胃囊。周一下午，太阳已经落山，软弱的残阳毫无气力，我突然看见母亲走进了校园，身上背着花布袋子，里面鼓鼓囊囊地装满了她所有的疼爱和愧疚。母亲手里拄着个棍子，半截裤腿已经被雪水浸成了冰棍儿。母亲哭，我跟着也哭，她看着我吃完了还稍有余温的蒸红薯、鸡蛋，才止住了哭声。她说沟里雪大，她来的时候，是用铁锨推着才蹚出了一条只有自己走过的路。

就这样，我读完了六年级，又回到了五年级时曾经生活过的镇中学。

1994年9月至1997年，我又背着口粮开始了初中三年的学习生涯。来自全镇的学生，又挤到了一起。镇上的中学有学生灶，一元的饭票可以买到六个馒头，馒头蒸得虚胖，不瓷实，我有次一口气吃完了六个，喝掉了一大搪瓷缸子凉开水，才觉得填饱了肚子。能吃上学生灶的人，是家里条件稍微好些的。我还是经常性地从家里带一周的口粮，吃饭时，用搪瓷缸子去打一份开水，将从家里带来的馒头掰开泡在里面，调了盐和辣子吃，这也是那时候农村孩子比较普遍的口粮。学校的灶上，可以给从家里带馒头的学生免费馏热，学生们就用网兜将馒头装起来，送到灶上，等下课放学后，几大笼黑白不一的馒头就在学生灶门前放着，大家各自认领。下课的铃声响过之后，从一排排整齐的平房教室里，男女同学就三五成群地出来，向学生灶门口的牛毛毡大棚下跑去，寻找属于自己且熟悉不过的馒头。

有的人是烙饼，有的人是花卷，有的人是馒头——有的人的馒头是纯白面，白圆吸引人；也有的人的馒头加了粗面，黑小，比较扎眼。高年级的学生跑得快，有时候会拎走了别人的；低年级的学生去晚了，见自己的口粮被别人拿了去，只能眼泪汪汪地回去。而就在这时候，家在学校周边的学生，就一起涌向了学校的自行车棚，推着自行车走出了校门，东南西北地顺着柏油马路分别通往六、七、八甲村，堡子村，还有黄畔、老户、衡家那村，回去吃家里人做的热腾腾的午饭了。

初一时，我第一次读到作家路遥写的小说《平凡的世界》，我觉得我和许多同学一样，变成了小说的主人公孙少平，按照“甲、乙、丙”三个等级，吃着从家里带来的白面馍、黄面馍和黑面馍。我上初三时，弟弟已经上了初一，我们兄弟俩骑着一辆加重自行车，自行车的前梁上挂着两袋子口粮，在学校的学生宿舍里度过了一年的学习时光。弟弟那时个子小，冬天里，鹅毛般的大雪不停地落下，我们俩在宿舍里相互取暖。初三毕业，我上了县里的高中，弟弟初中毕业后去了荆州，读了五年制大专的文秘专业。如今，弟弟已是县上一所中学的教务主任，他喜欢教育事业，为了他的学生而早起晚归。而我，大学毕业后在河南省铁路系统工作了三年后，选择回西安，开始了自己的事业。

说起上学，不得不说两个姐姐。家中四个孩子，我的前面是两个姐姐，后面还有弟弟。自小开始，父母忙于农活，姐姐成了我们弟兄的主要监护人。从小时候姐姐每天给我喂饭开始，到后来上学时供给生活费，直到今天，姐姐还经常照管着家里的一些事情。我和弟弟在外上学时，姐姐每月都会寄来生活费，且常常会打来电话，叮嘱着在外人生地不熟，要吃好饭、穿暖衣，别省钱，多学专业知识，没钱了就打电话。我在外地上学时，每次听到姐姐这些重复性的话，心底的暖流就会涌动起来。长姐如母啊。

打工

我们上初中时，父亲还跟着村子里的人来过位于咸阳的火烧寨和西安三桥造纸厂打工。那时我们姐弟四个，两个姐姐分别在西安、咸阳上学，我和弟弟上初中，父母亲攒了多年的钱都给我们送进了学校，已经是家徒四壁。父亲去打工的那天是个周末，他将一床大红花的被子在炕上铺平，一点点地卷起来，又摊开，然后又卷起来，用装过化肥的蛇皮袋子装好，炕上就多了一件像碌碡一样圆滚滚的行李。父亲还拿着装过“山丹丹”洗衣粉的袋子，将自己晒了一个夏季的旱烟一把把地往袋子里装，装得鼓鼓囊囊。另外还有 40 元的路费，是母亲心硬了下，从家里仅有的 60 多元里抽出来的。她担心没有出过门的父亲去到大城市，目不识丁，找不下活路。从彬县县城到西安，那时候还没有高速公路，只有小中巴车，早上从县城出发，路况好的情况下，用上六个小时，才能到达西安，车费为28.5元。剩下的钱，就是父亲来到这个城市的所有盘缠。他是否能找到活干？他是否舍得买上一碗面？那年，父亲整整在外打了一年工，从八月种完麦子到年关，过年后从正月到初夏麦收时节，他人整个黑黑的，瘦了一圈，给家里带回来的是几千块钱，和别人给我们几个孩子的几大袋子衣服。他在外，每天都是开水煮白面条，只有盐和醋，没有他最爱吃的油汪汪的油泼辣子。他对吃饭的追求就是以最低的成本，填饱自己的胃，只有吃饱了，才有力气干活。他的力气来自没有一点儿油水的白面，他的力气来自家里四个孩子交不完的学费，他的力气来自这个需要自己去卖命地经营的六口之家。

就是那年的冬天，两个姐姐放了寒假，拿着一只皱巴巴的信封——那是父亲写给她们的信，上面有父亲所在工厂的地址：咸阳市秦都区火烧寨村 × 号 × × 造纸厂。两个姐姐坐了一个多小时的公交，走了大半天，才找到了那个在村子深处、离垃圾场不远的小工厂。小工厂里有一排牛毛毡房，父亲就和工友住在那里，度过了一个寒冷的冬季。姐姐去的时候，父亲正在工厂的露天厕所里蹲坑。雨雪交加的天气，父亲穿着一件破棉袄，头上顶着已经只剩了半边的烂草帽从厕所里出来。那叫“厕所”的地方，其实就是几块已经废旧不堪的复合板随意遮挡起来的，上面用炭黑色的粗笔歪歪扭扭地写着个“男”字。过了这么多年，我常常在西安城的夜里睡不着觉的时候，想起这个情景，想起父亲这么多年，一个人在西安城，和千千万万的背井离乡进城打工的农民工一样，是想走出乡村，过上城市人的生活。这是他们或远或近的梦想。

第四辑

2000年至2015年

皇粮国税

1985 年到 1996 年，中央先后下发九个减轻农民负担的文件。这些文件的背景是，农民负担过重的问题已经开始在全国显现，甚至减负与反弹交替出现，就好像红岩河涨水一样。2000 年，国家以减轻农民负担为中心的农村税费改革就已启动，到了 2003 年，在全国已全面铺开。

1958 年 6 月 3 日，第一届全国人大常委会第九十六次会议通过了《中华人民共和国农业税条例》。那年，父亲五岁，已经承担了不少家里的活计；母亲四岁，已经学会了扶外婆上炕、端便盆。2006 年，五十三岁的父亲，已经是做了外公的人，他在黄土地上夜以继日地刨食，这也成了他的命运开始重大变化的标志性事件，因为他肩上的负担轻了，不再为了每年的“皇粮国税”而奔波。

历史上，“皇粮国税”一直牵动着中国的兴衰，也一直是农民生产生活的最大义务。“交够国家的，留足集体的，剩下都是自己的”这种思想意识始终扎根在每个农民心中。我问父亲：“那时候家里的农业税是多少钱？”在我的记忆中，每年夏收还没有归仓，村庄的干部就拿着公购粮缴纳通知书，挨门上户地动员大家，引起村民的一阵谩骂。父亲说：“那时候够多的，是按照人口数量算的，咱们六口人，在夏季给镇上的粮站缴小麦就是500多斤，农业税是170多元。”父亲说到这里，一直冥思苦想地挠头，他已经记不清准确的数字。他说：“咱们村是按照人口和种地的亩数，还有村里的摊销算下来。那时候，咱们村里的粮食税比较重，因为我出生那年，查地定产时，给村里河滩里的地，定的等级比较高。例如园子的窄溜溜地，叫‘水地’，那时候不平整，是后来农业社修水利时，才把地里的土堆推平了。就这地，和县城北门外泾河滩里的地，是一个等级。你看看，咱们那地和人家泾河滩的地，就差远了。”

《彬县志》载：

> 1953年1月24日，全县查田定产工作结束。分宣传政策、清丈土地、划片分等、填写清册、颁发土地证等阶段进行，经清查，全县55个乡共有土地86.59万亩，分为13等。

“那时候，咱们家这人口数，两户人加在一起，就是赵家沟口全队人加起来的总量。你想想，咱们的重不重？赵家沟口全队人缴的公粮，就是过去人用的白线口袋，满满一袋子粮食，大概就是一百二三十斤重。”父亲说，“好娃哩，你想想这差距多大。”

赵家沟口是个村名，与史家河隔河而望，如今属于小章镇。村子里人不多，都在半山腰挖窑洞而居。因为在半山上，得经常驮水、挂车子，养驴的人特别多。他们种的地都是三尺宽的山地，靠天吃饭，生活贫困。

我问父亲，这是哪几年的事情。父亲说，从解放初到国家取消农业税，这么多年，都是这样。

父亲正说时，母亲插了话，说过去在缴夏粮时，她见赵家沟口的人，一户人家用裤管儿挽着一些粮食就给村里了。母亲说：“我们家，就要拉一架子车晒干的净粮食哩。”这时父亲又接过了话，说：“500多斤呢，从咱们坡里拉上去，挂粮食车子的牛，身上都滚水豆豆呢。”那时，粮食还没晒干，镇政府的干部都要催农民“上皇粮”（就是把自家的粮食晾晒好，到乡政府所在地的粮管所缴纳粮食。可能是脱胎于古代，所以农民管这叫“上皇粮”）。那时候，对于“皇粮”，农民是要认认真真晾晒的，不然验收不过，有些人为缴“皇粮”，就在粮站的院子里晒粮，得等上两三天时间。

说到收农业税的问题，父亲一再感叹，说那时候确实不好从群众手里要到钱。他们挨家挨户地收，有些人就把门锁了，躲到别的地方去了。那些年风调雨顺，每年公粮征收还能保证，但是征收农业税就成了老大难问题。有时候他们转遍了整个村子，连三五十块也收不下。现在想来，还是摊派数额太大了，群众负担太重。粮食是自己家里种的，缴也就缴了，但是税收，人一年就辛辛苦苦种点粮，哪里来钱呢？粮食又不值钱。“去镇上的粮站缴粮，咱们村的麦子质量比人家塬上，仅仅能算上三等小麦。我记得那时粮站里，三等小麦每斤才两毛二分钱左右。你想想，村里各类开支都得从这里面折合出来，大家卖500斤粮食也不够。还有，不缴农业税的问题，主要是村里欠群众的修水利款、管饭款，都没有兑现过。每次去人家里，人家都说你把这兑现了，可是村里兑现不了。这些就成了扯皮的事情。”

母亲说，那个年代，村子里不缴农业税的人太多了。镇上来人在村里坐镇，村委会也没办法，所以就上硬手了。采用的手段和计划生育一样，强行拉走家里的粮食，拉走家里能变现的东西。拉走了，镇上也不敢自行处理，就都在镇政府的大院里堆着，你想要回属于自己的东西，就得拿着缴了税的发票，才能把东西从镇政府领出来。

母亲笑着说：“自从你父亲从村委会副主任的岗位上下来，咱家也有好几年没缴过农业税，只缴公购粮。原因是那时候镇上干部吃饭的钱，还有当时用咱自己的钱垫资为村里办事的，虽然有白条子，但是兑现不了。每次村上的干部来收农业税，我也不跑，我就说你把村里欠我的还给我，我就缴税，缴税也是我们的义务嘛。村干部气得脸拉得多长，也没办法，就走了。有一年，你父亲出去打工了，村上的干部来收农业税——那年风头也紧得很，村里有几户人家的粮食都被强行拉走了——村上的干部给我说，咱们家的问题要解决，我就给缴了 100 元的农业税。可是问题到今天，村上的干部都换了多少茬了，也就完了。”那些年，母亲每次见了干部都有些理直气壮，她坚持的口号是：缴了“皇粮”不怕官。

2004 年，陕西省为了全面贯彻落实中央一号文件精神，在全省范围内取消了除烟叶外的农业特产税，全省农业税税率普遍下调一个百分点。统计显示，2004 年，陕西省农民人均纯收入达到 1867 元，净增 192 元，增长 11.46% ，是近十年来的最高增速。全省农民人均负担则由 2004 年的 109 元下降到 40 元。

2005 年 12 月 29 日，第十届全国人大常委会第十九次会议高票通过决定，自 2006 年 1 月 1 日起废止《农业税条例》，取消除烟叶以外的农业特产税，全部免征牧业税。中国延续了两千六百多年的“皇粮国税”，被彻底取消，走进了历史博物馆。家里欠村上的，还有村上欠农民的，都成了一笔糊涂账。

农业税开始于何时？我查阅的有关资料显示，农业税始于春秋时期。《左传》记载：“宣公十五年秋七月，初税亩。”这是征收农业税的最早记载，到了汉初时已经形成了基本制度。

离乡

2006年，父亲加入打工大军中，来到西安务工至今。他在一家物业公司，从起初的保安干起，兢兢业业，直到后来给管理层当助手。母亲现在常常和父亲开玩笑，说：“不是我那时候把你逼出来打工，你现在还有受不完的罪呢。”母亲说的受不完的罪，就是种庄稼。

我小时候学写毛笔字，有一句话印象很深：“工人做工、农民种地、学生学习，共同建设社会主义。”其意义再也浅显不过：每个人在社会上分工不同，干什么就要像什么，就要把自己的事情做好，这样才能在社会上安身立足。工人做工，八小时制或者黑白班倒，每月能按时拿到一份用自己劳动换来的工资。农民呢？只能靠种地。早上顶着星星出去，夜晚背着月亮回来，靠着手中的锄头镰刀，常年在地里刨食吃，但仅仅能够维持生计。父亲这些年在城里打工，比在村庄里种地时显得精神了不少。母亲之所以说父亲觉悟了，是因为我们还小的时候，母亲就撵着父亲外出务工，但他没有离开过家里。父亲没有多大的理想，不追求多么宏大和起伏的生活，“老婆孩子热炕头”可能就是他最大的满足。

父亲最后下定决心，来到城里，是因为这么多年吃了种庄稼的亏。种地的效益比较低，一年到头累死累活，却落不下几个零花钱。跟他有同样想法的人很多，所以土地撂荒的就多了起来。

父亲算过一笔账，以种小麦为例，按照市场价粗略计算，一亩地需要播种 40 斤，按每斤 5 元计算，需要 200 元；播种费每亩地需付 30 元；每季需浇水两次，每次 30 元（含柴油费），两次就需要 60 元；每亩地需要施肥 100 斤，也就是一袋，需要 120 元（这还不是最好的肥料）；打灭草剂两次，需要两瓶农药，每瓶 10 元左右，共计 20 元；杀虫农药两瓶，也得 20 元左右；成熟收割，每亩地需要 60 元；晒完拉回家，需要 30 元（柴油费）；人工费除去不算。现在小麦市场价每斤 1.03 元，收成按每亩 1000 斤计算，一年的收入才 1100 元左右。在外打工，以父亲为例，每月上班 26 天，每月工资 1800 元，免费提供住宿，每日两餐。对于父亲来说，花费最大的是抽烟。他烟瘾大，每天得多半盒，加之再给和自己在一起干活的工友们散发，每天最多一盒。他节俭，舍不得抽好烟。我给他买的好烟，他都整整齐齐地装起来，放好，自己每天只买一盒 5 元的“红旗渠”。所以，他每月能净落工资 1000 元，每年就是 10000 多元。

种地时，他和母亲两个人有干不完的活，出不完的力，受不完的苦，两年喂一头牛，卖上三四千块，地里的粮食，留够口粮后才能卖上几百块钱。就这样，还得给收粮的人点头哈腰说好话。有时候，当初夏的麦子收割完毕时，还可以在麦茬地里种上黄豆、玉米等作物，但这就得靠天吃饭。遇上雨水丰沛的季节，作物会长势旺盛、颗粒饱满，人虽累些，可总是能换来几百块钱。可是，常常是夏旱三伏，滴雨不下，庄稼地里的黄豆扯不了蔓，开不了花；玉米苗儿拔不了节，出不了缨，旱死在田地里。季节不等人，为了处暑前后把有限的麦地腾出来，父母就只好把地里的黄豆、玉米忍痛割掉。这些在地里长了好几个月的秋粮，夭折在了旱田里，从苗儿睁开懵懂的双眼到开始长个儿，它们没有见过一丝雨露，就成了牲口们午后反刍的食粮。

像父亲这般年纪的农民工，是憧憬着“挣票子、养儿子、抱孙子”的梦想，是为了改善比较饥馑的生活状态，才进城打工的。他们没有一技之长，工钱之低廉、工作之繁重、衣食之艰苦，这些都不是事儿，关键是在回家过年的时候能足额领到工钱，这种兴奋不亚于自己的老婆当年生下了大胖儿子，不亚于自己的儿女都考上了大学，和他过不一样的生活。

村庄婚事

这些年，村庄里的人加入席卷全国的人口流动大潮当中：通过高考，出去了一批年轻人；另一种是外出打工。这些人都有劳动能力。而留在村里的人又是谁呢？一是年迈的老人，他们每天随着日出日落，通过自己的双手，解决着自己的温饱；二是部分留守儿童，他们年龄还小，还不到上学的年龄，如果打工的人带走，必须有一个人每天照管，照管的人不能上班，家里就成了一个人打工养活全家的“一头沉”，所以打工的人，往往在孩子还没到入学年龄时，就把他们寄养在父母或者岳父母身边，孩子就成了常年见不上自己父母，享受不到父母关爱的“孤儿”。

2015 年 12 月 14 日，微博上有位名叫“半杯水”的蓝田小伙说：“最近和女友分手了，我刚买了房，没钱再给她家 9 万元的彩礼钱，因为彩礼钱而说不到一起的婚姻是不是很可笑？女孩潇洒地走了，只剩下我一个人难过悲伤，又不好意思给身边的朋友说。”

同日，微博上有位名叫“一切都好”的渭南女孩说：“跟我男朋友谈了一年多了，我们感情很好，最近打算订婚了，可是我发现男朋友家这边压根不提彩礼的事，光让我们两个去买首饰，我觉得应该把什么都说好再去买。最后他家那边彩礼都是 8 万到 15 万，我亲戚十几年前结婚彩礼都一万五呢，况且这真的不是钱的问题。男朋友家总是不停地强调他家没钱了，实际情况是他家经济条件也不是很差。我是独生子女，我家里给我也买好了房子。因为这件事，我们已经吵了好几次架了。他还给我说，他对我们家心寒了，他同学订婚，女方没要彩礼还给了 10 万元呢。我家给我买了三套房了，第三套房贷还没还完呢，况且他家给的彩礼钱，我家也不会留下啊。原打算给他家新房买所有电器，所以就算他给我们家 6 万元，我们家也是全部买成东西拿到他们家去了啊。我该怎么办啊？他老是说我不体谅他，不站在他的角度想问题，说他现在怀疑我俩连订婚的事都说不到一块去，将来一起过日子的话估计也就没法过了，说让他想想。我说我家不要彩礼也可以，结婚也不是为了那几万块钱跟你结婚的。但是他说不是钱的问题，他怀疑我俩结婚以后没法沟通，没法过……”

现在的农村，媒婆再次活跃起来。部分农村闲散人员开始以说媒为职业，因为他们手里掌握着未婚男女的资源，尤其是女孩的资源。他们在男女双方之间穿针引线，传递话语，以此混吃混喝，还能获得丰厚的酬谢。为什么说媒的职业再次兴起？原因就是留守在农村的憨厚老实、人际交往有限的农民需要他们。

为了给孩子找下合适的对象，作为父母的农民，为了孩子的订婚、盖新房、娶媳妇，东挪西借，变卖家产，有的甚至借上了高利贷。动辄花费掉十几二十万，就为了给孩子娶到媳妇。他们觉得花得再多都值得，他们不想让自己已经成年的儿子，长成一朵只开花而不结果的“谎花”。结婚后，两个年轻人和父母一样，要共同面对结婚花费带来的债务，只能双双外出打工。

“现在，塬上人交通方便，生活富裕，给娃娶媳妇，媒人都不咋跑，可是坡里娶个媳妇就很难了。你看看咱们村前几年，谁娶过媳妇？更谈不上说生个孙子了。所以咱们村子的人就越来越少，少得现在回去只能看到几个老年病人，哪里还有小孩子们跑来跑去啊？村子里的年轻人在外面打工，谈了个对象，就是不敢把对象带回来，回来人家娃一看，肯定就黄了。”母亲说起这些事时，我想起了 2015 年 2 月 7 日，中央电视台《新闻调查》栏目曾经播出过的《陇东婚事》。

我把那个视频看了好几遍，每次都看得我泪流满面。甘肃正宁县，和彬县北极镇、永乐镇地界相接，民风相通。

甘肃陇东一带，2010 年时结婚的彩礼是 10 万多，到了 2014 年时，已经飞涨到了 25 万多，翻了一番还多。即使一个家庭的父子两人都外出打工，除去个人和家庭的生活花销，才能落下多少钱呢？作为男方的父母，“愁”就一个字。彩礼中，包括女方父母的养育费、衣服费，女方的金银首饰费和婚姻登记费、照相费、进门费等，多得简直就像旧时的苛捐杂税。说媒的市场叫“人市”，就是媒人与找对象的人聚集的地方。儿子到了适婚的年龄，未能找上合适的对象，就成了父母最大的心病，往往是夜不能寐，饭茶都变得寡然无味。用当地媒人的话说，就是即使有钱也没有合适的女娃。一旦有合适的人选就让人激动不已。

说到这里，我想起了多年前流传在民间的顺口溜：“出阁的女子比彩礼，不管长得美不美，八万以上再张嘴；好不容易养个女，一次就要卖个美；看过的小伙如流水，首先先把彩礼比；见面必上见面礼，少了人家哈（还）不理；小伙气得直拌嘴，头发撑硬都随你；谁让媳妇太难娶？不怨天，不怨地，只怨没有人民币。出阁的女子不一般，城里的价钱往上翻，山里直接不着边；谁家有钱谁家攀，没钱你就靠一边；除了彩礼还不算，人靠衣服马靠鞍，名牌衣服还得穿；钻石戒指金耳环，手镯加上金项链；婚礼还得酒店办，前前后后几十万。东拼西凑婚结完，娶个媳妇帮着还，两口子日子过得真难言……”

2016 年春节期间，上海女孩回男友江西老家农村过年后毅然分手的事情，一时间引起网友们的围观和热议，迅速发酵成为一个热点事件。国内众多权威媒体和自媒体也趁热打铁，迎风而上，让该事件在很短的时间内就在微信、微博等媒体传播扩散，引爆成为猴年春节期间的一个话题性事件。

尽管大趋势上东西部地区社会经济发展差异在缩小，城乡二元结构在不断得到改善，但是在中国广袤的大地上，地区发展不平衡的现状依然是客观存在的。像江西男友一样的农村孩子从偏僻的农村经过参加高考走出来，通过自己努力上学、工作、买房、成家、定居，成为“城市人”，但是在某种意义上来说，他们还是居住在城市的乡下人，他们的身上被人贴上了“农村凤凰男”“土老帽”等等标签，他们有身份撕裂的痛楚，因为他们内心的深处，有两个故乡，一个是年老母亲生活的“回不去的故乡”，一个是自己双手打拼却还“融不进去的城市”。像上海女孩一样的许多城市人，从小“衣来伸手、饭来张口”；像老家在江西的男友一样的则是“身在城市的乡下人”，他们从小与土坷垃、牛羊为伍，甚至在没有考上大学之前，不知道省城是什么样子，不知道西餐厅里的刀具怎么使用，他们从小上的厕所都是与牲畜为邻的旱厕，常年洗澡需要到村边的小河里去，即使他们生活在城市里，一些观念依然还有乡村特点。这些都没有错，如果要逐渐改变，需要的是他们在城市深深地扎下根来，才能撼动他们从小在村庄耳濡目染的一些陈旧之习。

最让我感到刺眼的是，那张饭间拍摄的照片和那双筷子。其实饭菜颜色的搭配和口味，以及钢化盆盛放等等，都不能掩盖男友一家人的淳朴和热情，那仅仅是一顿饭。但是地域的差异、城乡的差别和观念的不同，甚至是时代的错位，都会使严肃的爱情主题在瞬间土崩瓦解、支离破碎。

进城

2009年，母亲终于很不情愿地进了城。因为她念念不忘自己那还生长在村庄的几十棵枣树，还有没来得及割下来的梭草。每当下雨的时候，她就念叨起自己田地里开着紫色小花的苜蓿，是不是又疯长起来；或者自己从树林里拾回的干柴，是否已经放进了遮风挡雨的柴窑里。在城里的夜里，她始终认为自己生活在别处，似睡非睡，清醒不已。她不认为城里的家，是她新的生活的开始。她劳作了六十年，始终离不开农具。在她的心里，农民只要和土地紧紧地偎依在一起，手里有自己生产和生活的农具，就足够了。

弟弟的孩子出生了，母亲开始了做奶奶的生活。每天洗衣、做饭、带孩子，乐此不疲，围着自己的孙子团团转，总算是找到了自己来到城里的价值。她终于慢慢习惯了县城人的生活。每天早上，她先是去楼下的菜市场抢先买些新鲜嫩绿的蔬菜，买些个大香甜的瓜果，熬制一锅稀饭，调制些可口的凉菜，放在餐桌上等着儿子儿媳起床。这是她每天早上的必做功课。吃完了早饭，上班的人都匆匆忙忙地去上班。母亲就把大家要洗的衣服一件一件地用双手搓洗干净。她原来不会用洗衣机，她也不愿意把衣服混在一起，让洗衣机的滚筒慢慢地搅。她就相信自己的双手，一遍洗不净再洗一遍，直到自己满意为止。

母亲有自己独特的记路方式。在县城里，她知道的兴矿路、姜塬路、隘巷等等这些地方，都是她自己一个人摸索着记下来的。她能够清楚地记得哪条路上有一栋很高的楼，哪条路上有一对憨态可掬的石狮子。她就靠着这些特殊的记忆，走在县城的大街上，走在这个属于自己的世界里。

弟弟的儿子进了幼儿园，用母亲的话说，她又失业了。当她无事可做时，整个人看上去就显得手足无措。

2014 年 9 月，没有上过学的母亲，来到西安这座她从没有来过的城市，在一家小学里做保洁工作。这对一个目不识丁的农村妇女来说，是多大的心理挑战啊。

母亲的工作是父亲联系的，在母亲来上班之前，那条通往那所小学的路，父亲已经掐着表走了好多遍。他要给母亲找到一条最好走的路，最容易识记的路，他担心自己的老伴儿一不小心走失了路。他们已经是花甲之年的人了，每当父亲陪着母亲，走在上班的路上，都会给她说走路应注意的事项。例如："在去上班的路上，有一家商场，从那家商场的门口要记得左拐；每天上班后要在自己保洁小组的签到本上画'√'。"每天晚上，他会给母亲的手机充上电。他已经把自己的号码输进去，标号为"1"，每当母亲找不见他的时候，就拨打电话，他就会第一时间赶过去。送母亲上了一段时间班，父亲就让母亲一个人走。其实他在后面偷偷地跟着，看着自己的老伴儿走进了学校，去了她的作业区，他才离开。只有这样，他才能放心，他才会放心让母亲一个人每天在上班下班的路上，顺利地穿梭着。

有一天，母亲打工地方的小领导找不见母亲，就跑到父亲所在的物业公司里去找。父亲顿时慌神了。去上班的母亲没有在自己的作业区，也忘了拿自己那充不住电的山寨手机。父亲把那所学校的教学楼一层层包括旮旯拐角都找了个遍，终于看见母亲在教学楼最高一层的角落里，用抹布一遍遍地擦拭着瓷砖墙，这才放下心来，才给了母亲打工的单位一个答复。

母亲违反了学校保洁作业的规定，在自己的作业区干完活后没有去休息，却一把汗一把汗地把最高一层的墙砖擦得一尘不染——人能在白白的瓷砖上照出来自己的影子。母亲是个勤快人，她一辈子都闲不住，虽然自己只有一层楼的作业区，她也会不放过一丝灰尘地打扫完。她珍惜自己一个月靠劳动挣来的 1600 元，她不忍心在自己作业区以外的地方，也有污垢出现。目不识丁的她来到这个陌生的城市里，当拿到第一个月的工资时，她好像从那十几张人民币里，找到了自己来到这座城市的价值。

在小学里做了一学期保洁工作，母亲辞职了。她听别人说在餐馆里做工，包吃包住，每月 2200 元。这个数目，比她做保洁工作每月多出了 600 元。母亲说通了父亲，瞒着我们从大学路去了东仪路的一家中型餐馆里。餐馆的老板是父亲打工小区的业主，对母亲照顾有加，安排了择菜洗菜、收拾碗筷、打扫卫生等轻松一些的活儿。

2015 年 7 月的一天下午，我还未下班，电话响了起来。姐姐打电话说母亲晕倒了，让离得近的我快点过去。我赶到了母亲所在的餐馆，母亲正在椅子上坐着，还笑着说没事，她还能继续干。母亲患有高血压，一直在服药中。但她总是认为长期服药花费大，所以背过我们，能不吃时就不吃，或者感觉严重时，才不得已地服上几粒。

我带着母亲，去她的宿舍里收拾东西。宿舍在一个叫沙浮坨的城中村里。我们顺着巷子拐了几圈，终于到了那户五层楼的人家。我问母亲，她是怎么记住这段路的。她笑了笑，说自己先是跟着别人走，走时就留意着路上的参照物，尤其是巷道拐弯处容易记忆的物什。她说：“你看那个卖臭豆腐的，人家天天出摊早、收摊晚；那个女人胖胖的，我每次走到这里时，就知道要拐弯了。”母亲一直在笑着说，她是为了让我知道，她在这里上班，自己一个人出行没有任何问题，不需要我们担心。

当我和她爬上她们位于四楼的集体宿舍，她很不好意思地说，这里脏，这院子里住的人太多，每天早上大家都上厕所，但是没人按时打扫，她回去后还去打扫过多次。在母亲的宿舍，她收拾着自己的衣物和日常用品，舍不得离开，还说：“都不带了，去检查下，如果血压没有问题，还要继续回来打工。”我一再劝说，她才恋恋不舍地收拾完物品，回去给餐馆的老板移交钥匙。我拉着她的手，在城中村的巷子里穿行着，这是她最后一次打工的结束。

后来，有次聊天，母亲才说，那次本来还是要继续打工的，只是血压太高了。她那天回去上楼时，眼前一阵发黑，倒在了狭窄的楼梯口，磕破了双腿的膝盖。楼下有一个诊所，她去量血压，让医生开点药。年迈的老医生给她量完了血压，让她给我们打电话，把她带回去。医生说：“我不能给你开药，你的血压这么高，万一出了啥意外，我无法给你的家人交代。”老医生的话，让母亲才真正认识到，自己的高血压病是多么的严重，也才死了要继续打工的心。就是那次，她才明白了用自己的身体健康换金钱的做法，是多么的一文不值。母亲现在想通了这个道理，想起自己打工的那一段特殊的记忆，总是笑笑说，这是在给儿女们添麻烦。大家在外都忙忙的，她要活好她自己。

进村的陌生人

村里现在没有几个人了。村上的教师富民也把媳妇带到单位去了。宏道家老两口也到了县城里，租了房子。京道家儿子在镇上的中学教书，老两口也都跟着去照看孙子去了，在七甲村租了个独院子。有的人在每年春、秋两季回来，把地里的庄稼播种或收割了去，有的人就干脆不再回来了，种了几十年的地里也长满了蒿草。

剩下的几个人，最年轻的是录子，四十几岁，精神有些不正常。前几年，村上有人在西安开了个厂子，主要生产苹果套袋材料。录子去西安打了半年工，就偷偷跑了，村上人在西安的角角落落找了个遍，也没见其身影。他沿着312国道走了近一个月，饿了，就偷路边苹果地里的苹果；困了，就睡到路边的烤烟楼里。终于回到了村里来。后来有次听录子说，他在厂子里觉得累，有天吃了中午饭，又想自己的孩子，就一个人偷偷离开了。他识字，曾经念到了小学三年级肄业，以种地放羊为生。二十几岁时，通过媒人，花高彩礼从新民镇太厢村讨回了媳妇。媳妇过门后，好吃懒做，生下两个女儿，在大女儿四五岁时，就离家出走，至今杳无音信。录子不得不成了有婚姻事实的光棍汉。过了十几年，大女儿长大外出打工，找了个外省的婆家出嫁；小女儿也在外打工，在哪里打工，村里没有人知道，她从来没有回来过，也没和任何人联系。

村庄一直都保持着安静，直到2014年1月15日晚，农历二〇一三年腊月，临近小年，发生在贵子表叔家的一起入室抢劫案件，才打破了村庄一直以来的宁静。每当村子里的人说起这件事时，总是和当事人一样，心有余悸。村里人当天的习俗是祭灶和打扫卫生，为迎接即将到来的春节做简单的准备。那时候，村里许多人家里活灵活现的门神、抬头见喜的横幅、精美的窗花、五彩的年画、花团锦簇的灯笼和神龛上丰饶的祭品，无不显示着喜气洋洋、欣欣向荣的节日景象。可是就是那夜，让村庄所剩不多的人焦躁起来。

根据有关法律文书公开资料，节选部分如下：

彬县人民法院审理彬县人民检察院指控被告人郑孝荣、郑小刚、郑文强、郑文利犯抢劫罪一案，于2014年8月28日做出（2014）彬刑初字第00077号刑事判决。

原审被告人郑孝荣、郑小刚、郑文强、郑文利均不服，分别提出上诉。本院于2014年10月20日立案受理后，依法组成合议庭，通过阅卷，讯问上诉人，认为案件事实清楚，决定不开庭审理。现已审理终结。

上诉人（原审被告人）郑孝荣提出，原判认定事实没有错误，但在共同犯罪中没有按犯罪情节判定主犯和从犯，他在共同犯罪中起次要、辅助作用，系从犯，原判对他量刑过重。

上诉人（原审被告人）郑小刚提出，原判认定事实情节清楚，但他认为，第二次抢废品收购站不属于入户抢劫，原判对他量刑相对较重。

上诉人（原审被告人）郑文强提出，原判认定情节有误，他只是一个服从者，不构成共同犯罪，抢劫废品收购站不属于入户抢劫，原判对他量刑过重。

上诉人（原审被告人）郑文利提出，原判认定情节有误，他作用较小，只是配合朋友参与了犯罪，抢劫废品收购站不属于入户抢劫，原判对他量刑过重。

经审理查明，原审判决认定的事实是清楚正确的，有人口信息登记表、扣押返还清单、领条、彬县第二人民医院诊断证明等书证，证人侯某某、孙某某、白某某、王某某等人证言，被害人景某某、衡某某、梁某某、李某某等人陈述、鉴定意见、勘验、检查笔录、辨认笔录，被告人郑孝荣、郑文强、郑小刚、郑文利的供述和辩解、视听资料等证据印证证实。上述证据经一审庭审质证，来源合法，确实充分，本院予以确认。本院认为，上诉人（原审被告人）郑孝荣、郑小刚、郑文强、郑文利以非法占有为目的，采取暴力、胁迫等手段，劫取他人财物，侵犯了他人的人身权、财产权，其行为已构成《中华人民共和国刑法》第二百六十三条规定的抢劫罪，且属于入户抢劫。

关于各上诉人（原审被告人）提出的上诉理由。

经查，各上诉人（原审被告人）进入梁某某经营的废品收购站实施抢劫，虽然废品收购站白天系公开场合，但该收购站与外界相对隔离，亦供被害人梁某某家庭生活，系被害人梁某某的住所，且各上诉人（原审被告人）实施抢劫犯罪的时间在夜晚。原判认定该次抢劫属入户抢劫并无不当。上诉人（原审被告人）郑孝荣、郑小刚提出犯意、积极组织实施犯罪，上诉人（原审被告人）郑文强、郑文利积极参与实施犯罪，四上诉人（原审被告人）在共同犯罪中作用相当，均系主犯。原判根据四被告人的犯罪性质、情节和社会危害程度及认罪态度，已对其适当量刑。故各上诉人（原审被告人）的上诉理由均不成立，不予采纳。原判认定事实清楚，定性和适用法律正确，量刑适当，审判程序合法。依照《中华人民共和国刑事诉讼法》第二百二十五条第一款（一）项之规定，裁定如下：

驳回上诉，维持原判。

本裁定为终审裁定。

审判长　张　丽

审判员　赵国华

代理审判员　路晓娟

二〇一四年十月三十一日

书记员　张　军

村子里的人并不知道这起案件的最终情况，但大家知道抢劫的人都被绳之以法，心里才敞亮了一些。贵子表叔两口子现在忆起那天晚上的事情，说话声里依然有些颤音。他们担心的是，那天晚上，如果穷凶极恶的犯罪分子抢不到钱，而他们如果再反抗，就有可能丢掉性命。农村人，没有人会在家里留多少零用钱，除了买化肥、盖房子这些大事要支出。那天晚上，表叔的丈母娘正好来女儿家还钱，1000 元的现金还没在兜里暖热，就被犯罪分子抢了去，这也可能是犯罪分子得逞后迅速离开的原因。表叔说，他当时就没敢反抗，只是说好话，他担心犯罪分子手中的刀，丢掉性命划不来。钱抢走了可以再去挣，人没命了这个家庭也就完了。孩子们还在镇上的中学上学，没了父母就受罪了。

还有，就在贵子表叔家上面的土台子上，是年过六旬的老哥家。老哥家两个儿子都在外地工作，家里就剩下了老两口。他人勤快，伺候了多半辈子庄稼，已经干不动重活的他，开始了养羊的生活。从几只羊，几年间，已经繁殖到了二三十只，用这还清了小儿子结婚时借亲戚的3万元。老哥每天日升而出，日落而归，放羊的生活对他来说，也算是自给自足。有天月缺的夜里，伸手不见五指，几个壮年小伙子到家里来，黑布蒙面，手里拿着二尺长的利刃，把老两口逼在屋内，硬生生从羊圈里拉走了四只羊，扬长而去。

就在这些事过去不久，我的小姨来西安的323医院住院。小姨家的儿子大学毕业已几年，到了谈婚论嫁的时候。小姨打算在自己的宅基地上给儿子盖新房。就在准备动工的前几天，小偷光顾了三次。每次都撬掉大门锁，把家里翻个底朝天。第三次时，正赶上小姨从集市里买东西回来，大门敞开，小姨就冲了进去。两个年轻人正在家里翻箱倒柜，她刚冲进去一喊，小偷就过来顺手用棍子在她头上打了几下，她本能地反抗，小偷拿出了刀具，她刚伸出右手，就被利刃把右手的小指头削了去。她蹲在了地上，小偷冲出了家门不知去向。

村里人赶快把她送到了县医院，县医院不接收，又辗转来到了西安治疗。人常说：十指连心。小姨的指头算是保住了，可是恢复得不是那么好，整个右手浮肿得像面包似的，使不上半点力气。医生说，来得再晚一些，骨头可能就坏死了。她在医院里躺了多半个月，才出院回家休养。房子已开始动工，她只能干些力所能及的活。小姨说，小偷就是知道她准备盖房子，家里应该有储备的现金，所以才三番五次地上门来。钱没有被偷走，可是人受了伤害，花了几千元的医药费。她无奈地说，本来这几千元是够支付工匠的劳务费的，自己几亩苹果园的一年产出，就这样让自己白白浪费掉了。在医院里，我们给她说宽心话，让她安心养病，只要有人，人好着，没有什么大碍，就是万幸的事情。

听母亲说，永乐镇有个独居的老头，攒下了3000元，结果被人抢走了，人也被杀死了，过了好久才被村里人发现。

近年来，关中农村入室盗窃案频发。现在，农村人习惯于院门一锁，房间门就不锁了，这给盗贼留下了可乘之机。尤其要说的是，现在农村一部分年轻人由于没有正当职业，更没有一技之长，整日游手好闲，贪图享乐，加之社会上一些不良风气的影响，使他们法治观念淡薄，一步步走向了犯罪之路。他们的盗窃目标从家畜、家电、农用车辆、粮食油料，到电力设备、电缆钢管等，给当地农民的生产生活带来了一定的影响，尤其是给农民的人身安全带来了较大威胁。小偷因抢劫不成造成人命案件的新闻，常见诸报刊及网络。村庄里人少了，相互之间已经没有了照应，整个村庄静悄悄的，案件多发生在夜间，多集中在靠近村边、路边的农户，并且跨区域作案特点明显，作案分工明确。

有次我从邻村林家河路过，看到已经荒芜的院墙上，喷绘悬挂的告示被风撕得飞舞，告示上内容如下：

警方提醒广大农村地区的朋友：

一是提高防范意识，落实防范措施。大牲畜尽量不要随意放养，农用车辆最好停放家中院落，大笔现金应及时存到银行，加固门窗。

二是加强邻里守望。有条件的村庄可组织村民分班、定时巡逻。

三是对进村的可疑人员及车辆要及时上前询问盘查。

四是及时报警。发现低价兜售农产品、牲畜等可疑行为时，不要贪图便宜购买，应及时报警。

留守“部队”

“留守”这两个字，是刺眼和心痛的代名词。这些年，随着有劳动能力的男人转移进城打工，留守下来的妇女、儿童、老年人被戏称为“386199部队”。男人们进城务工后，剩下的农活，就靠留守的妇女和老人承担，一个个家庭也长期处于不完整的状态。妇女们要承担赡养老人、养育儿孙、洗衣做饭、饲养牛羊等等所有关乎家庭的琐碎事。精神和身体被流逝的日子不断侵蚀着，她们有病不敢看，有病不能倒，所有的家庭成员还指望着她呢。有些家庭，男人外出打工，女人留守家里，孩子又在外上学，女人就无所事事，除了做饭外别无他事，久而久之，就染上了一些不良生活习惯。例如北极镇七甲村的妇女曹桂花，丈夫在外打工，孩子在城里上学，闲来无事她就迷上了打麻将，导致家庭不和。同村的妇女辛惠娃丈夫在外打工，孩子、老人都要她照料，儿亩果园更是让她心力交瘁，虽和曹桂花家离得不远，可她们几乎没时间说话拉家常。

据官方调查数据显示，2011 年时，彬县已有外出务工农民 11.5 万人，留守妇女 29012 人，占全县农村妇女总数的 34.1%；留守儿童 22665 人，占全县农村儿童总人数的 38.2%。2014 年度的有关统计数据显示，全国外出务工的人数达 3 亿，男人们大多从事着制造业、建筑业等，女人们大多从事着流水线和家政工作。尤其是女人们，为了挣到一点费用，照顾着别人的老人、孩子，却见不到自己的老人和孩子，更不能提说怎样去给自己的父母公婆尽孝，怎样去照看着自己的儿孙健康成长。他们在城市里打工，候鸟般的不稳定。他们在城市里打工，但是买不起城市的房子，常常是三五个人租住民房或者住工地上的工棚，仅仅是能遮挡风雨，甚至都无法抵挡严寒，就更无法说是能享受到夫妻团圆、儿女在身边了。

所有的打工者，都是迷失在城乡之间的人。为什么打工呢？就是为了养家糊口。地里的化肥要买，孩子的学费要交，家里的日常开销要支。但是在城市里，他们是最廉价的劳动力，甚至坐个公交，因为带着生产工具，或者衣服上有脏污，也要受到别人不屑的眼光。长此以往，在外打工的人的“过客心态”就更加严重。

另外，在外打工的人，远离家庭，许多人一年半载回家一次，甚至是家庭内有重要事情，才请假回家。请假就意味着没有收入，需要吃老本。在外时间长了，家庭关系也就逐渐淡漠，家族观念也就逐渐淡漠，造成夫妻离婚、父子关系断离等现象日益严重。尤其是中青年夫妻之间，因为长时间缺乏交流和沟通，传统婚恋模式下的“父母之命、媒妁之言”已经开始瓦解，而打工族男女常在一起，日久生情，空虚、干涸的心灵得到了一时的浸润和滋养，常有男女同居、短暂夫妻等事实出现。近年来，夫妻离婚由以前的代际矛盾、夫妻不和，转变为当下的婚外情、缺乏沟通等不稳固关系导致。尤其是 20 世纪 80 年代以后出生的一代，更是成了离婚人群的主体。

有一次，我和一位在县法院工作的朋友聊天。他说，农村已婚家庭中的一方外出打工，外面多彩世界的诱惑使其婚姻观念发生变化，或者另一方红杏出墙，就很有可能导致离婚。总之，婚外情的发生是导致农村离婚的一个主要原因。当事人在起诉离婚前就与第三者有染的约占一半以上，这也是近年来农村离婚案的一个新特点。

我的一位高中同学讲了自己堂弟的事情，是一个典型的例子。同学的堂弟结婚两年后，育有一女。在女儿两岁多时，他离家去广州打工，一年中只有过春节时才能在家待上几天。妻子在家里伺候公婆、照顾孩子。有年春节，他的堂弟回家后，妻子提出说想外出打工，且不去广州。她跟着邻村的人去了江苏，据说是在一家电子厂做流水线。出去打工一年，妻子回家时突然向同学的堂弟提出离婚。同学的堂弟说，妻子回来时，他就感觉她不正常，接电话老是去外面，而且在家待一星期就急着要走，对他也是不冷不热的，直到她提出离婚，他才知道她变心了。他问她为何非要离婚，她说越来越和他没有共同语言了，还嫌弃他“土气”。像同学的堂弟这样的情况，当年在农村离婚人群中占了多数。丈夫或者妻子为了改变家庭的经济状况，常年在外打工，另一方留守，或者两人在不同城市打工，由于夫妻长期分居，缺乏沟通交流，造成感情隔阂。同时，在外打工的一方，往往受到外部环境的影响，思想和感情逐渐发生变化，和自己的妻子或者丈夫之间的共同语言就越来越少，有的在找到了感情的替代者后，便选择离婚。

从20世纪90年代至今，青壮年农民大规模进城打工，使我国农村传承千年的“男耕女织”的传统生存方式得以改变。青壮年农民进城了，仅仅是靠自己的劳动获取了一点微薄的报酬。受到收入、户籍、住房、教育等因素的制约，进城打工的农民，如果要拖家带口地生活，还是比较困难，于是就有了留守妇女、留守儿童这些长期无法得到温暖的群体。这个群体带来的社会问题，是当前出现的一个不容忽视的大问题，具体包括留守妇女的精神需求、物质需要，孩子缺少父爱，等等。而长期生活在农村的留守妇女，在面对沉重的生活之外，往往还遭受到一些闲散人员或街坊的骚扰，农村妇女遭到性骚扰或者强奸的新闻多如牛毛。

2016年1月初，有一条社会新闻占据了各大媒体的重要位置，也刺痛了我的眼睛。题目是《彬县一留守妇女遭邻居强奸后服毒自杀》。彬县北极镇龙门村的一位二十四岁留守妇女，其男人在甘肃打工，育有四个孩子，其中一对双胞胎才出生五个月。2015年12月30日，正在甘肃打工的男人突然接到妻子的电话，她在电话中支支吾吾地说，自己遭到同村一村民的强暴。男人急忙赶回家里。据妻子讲，事情发生在12月24日晚，过去多天她还感到很害怕，所以也不敢告诉家人。夫妻两人于12月31日到辖区派出所报案，警方仅做笔录但未出警调查。2016年1月2日，受害的留守妇女喝下了一瓶敌敌畏，自杀身亡。

犯罪分子为什么选择留守妇女作为侵害的对象呢？因为这一群体上有年迈的老人，下有年幼的孩子。妇女势单力薄，容易制服，作案容易得逞，且发生性骚扰、性侵害等事实后，害怕丢面子，担心面对家人和乡邻，会受到严重的歧视，她们的声誉也会受到严重的影响，故多忍气吞声。还有一些受害的女性，整日在不见人的地方，以泪洗面，觉得在别人面前抬不起头，担心报案后，会被夫家逐出家门。只有极少数受害者，在巨大的思想压力下，进行了激烈的思想斗争后，才会吞吞吐吐地给姐妹倾诉。

犯罪分子多以说出去就要杀人灭口等威胁，造成受害妇女在长期或短期内，精神和身体受到双重侵害。但是受害妇女的忍气吞声，往往助长了犯罪分子的嚣张气焰，助长了其犯罪心理，甚至有犯罪分子在狐朋狗友面前夸夸其谈，把自己的罪行当作炫耀的资本。虽然犯罪分子最终会受到法律的制裁，但是给受害人的家庭造成了无法言说的痛楚。

再回村庄

2015年11月6日，农历九月二十五，爷爷去世三周年纪念日，我再一次回到了史家河。冰冷的秋雨已经淅淅沥沥地下了几天。回村之前，听说六十多岁的大姑病了，且病得不轻。还有我的小姑奶奶，都八十多岁的人了，身体也不是很好。我、父亲、姐姐和弟弟一起，前往大姑家所在的永乐镇汉坡村。彬永二级公路上漫天迷雾，车在缓慢地爬行。进入村庄的生产路上，雨大了起来，坐在弟弟的车里，能见度不到几百米。急着落下的雨敲在挡风玻璃上，噼里啪啦地响个不停。

父亲和我已经记不清大姑家的具体位置。父亲这些年在外务工，家里与亲戚之间的人情往来都由弟弟来操持。谁家孩子结婚，谁家女儿出嫁，谁家孙子过满月，谁家老人棺材落成，谁家新房建好，谁家老人去世，等等，都会给弟弟打电话或者捎话，弟弟就会代表父亲去参加亲戚家的红白喜事。就是因为血缘和婚姻的关系，农村亲戚一年中的交往才算是得以联系。亲戚之间，已经没有原来时候，在农闲或者过年时相互走动的兴致。远房亲戚见面，基本都是在别人家的红白喜事上，见了面，打个招呼，相互之间已经没有原来那种血缘之间的亲近和热乎。常年下来，亲戚之间的关系也就越来越淡漠。

到了大姑家，推门进去，整个院落鸦雀无声。大姑因病在炕上躺着，前几天才出的医院。人老了，身体就不那么硬朗，老年病也日渐凸显。姑父蹲在炕头上抽着旱烟。正好天雨，庄稼地里也没有多少农活，他们老两口有一句没一句地说着些陈年旧事。我们走进了房间，他们才回过神来。大姑已经基本上不认识我了，姐姐再三给她说我是谁谁，她才慢慢地想起来，说："咋都这么大了？"

大姑家还是老房子，农具、家具、粮食囤都在房间的地上摆着。房间墙上的相框里挂着一些陈年的老照片。最珍贵的一张，是奶奶带着她几个儿女的一张合影，照片已经有些褪色和腐蚀，但依然可以看清她的面庞。这张照片，唯独就缺了父亲一个人。父亲作为长子，分家早，过早地承担起了那个大家庭的责任。

父亲和大姑、姑父三个人聊着，说着这些年的农事和生活。大姑家这些年种了些苹果树，一年有一些产量，能卖上一点钱。大姑家有四个儿子，其中三表哥快四十岁了还没找上对象，后来就给别人做上门女婿了。三表嫂是个小五十岁的女人，在爷爷去世时，我见到过她在厨房里帮忙。四表哥是1974年左右出生的人，三十多岁在西安打工时，自由恋爱，娶了一个四川女人。女人算不上很漂亮，但是个机灵人。他们结婚时，我还和家族的人一起参加过他的婚礼。他们婚后生了一个女儿，后来四表嫂外出不归，至今好几年已不知去向。四表哥还在外面打工，留下的女儿由大姑照看着，在镇中心校上学。家里的墙壁上，贴着三五张红彤彤的大奖状。

窗外的雨慢慢停止，我们告别了大姑，顺着盘山的柏油路向安家河的川道里下去。这几年乡间的道路虽基本上都进行了硬化处理，广大农民出行的条件略有改善，但走的人越来越少，路两边被长疯了的柴草所吞没。沟边上，低头的野鸡都在争先恐后地觅食。车过来，野鸡们紧张地飞起，又落下，品尝野草籽的美味。车子顺着高安公路，经过马家河、林家河，一直走到史家河村的吃水沟，柏油的路就断了头。车子进入了泥泞的土路，左右摇摆。这些年，走路的人少了，路就变得更加高低不平，荒草丛生。雨水像一条条小溪，汇聚在一起，顺着低低洼洼的路，肆意流淌。弟弟紧紧地握着方向盘，不敢轻易地快速行进，稍有不慎，车子的尾部就摆个不停。我们坐在车里，也像坐过山车。花了近半小时，才走到了爷爷老房子的路边。下车后，我们穿上雨靴，深一脚浅一脚地走在荒草堆里。

雨又下了起来，淅淅沥沥。家族远远近近的人都身穿白色的祭服，头戴孝圈，进门，下跪，祭奠，磕头，起身，作揖。三周年前，爷爷去世时，我踏进了这座老屋；三周年后，我作为孙子辈的老大，再次回来，就是为了参加这最后的集体祭奠。

祭服，是老人去世后用白粗布做成的孝衣，而今在农村，已经没有人来专门招呼着去裁裁剪剪。每当有丧事，在外的人回乡时，都会给自己找上一件白衣携带，白衣大多是来自医院的白大褂，白大褂的左上方印着“北极医院”“西坡医院”“彬县医院”等等字样，俨然每个穿白大褂的人，都成了医生、护士，来为逝去的亲人，消减最后的病痛。

中午时分，雨暂停了下来，我一个人踩着枯草，向村庙和河边走去。村头的大庙就好像村庄的地理航标和精神祠堂，一直威严地屹立在那里，见证着村庄千百年来的风风雨雨。村庙俗称“老爷庙”，官称“关帝庙”，初建年代不详，清宣统年间重修。坐西向东，土木结构，硬山灰瓦顶，五架梁。庙内有一通清代道光二年（1822 年）所立的功德碑，记录了数百商号雅馆主人的捐赠善款，如“恒静馆、仁义馆、永盛居、兴盛堂、清盛馆、仁和静号”等，字样依然清晰可见。南北两侧墙上残留有彩绘壁画，画中人物肖像栩栩如生，色彩线条艳丽明快。庙门和窗棂已历经风雨，残朽不堪。

沿河湾而下，芦苇在河边伸长了脖子，在斜风细雨中不停地摇曳着。这些《诗经》里的“蒹葭”，从几千年前的《诗经》里来，一岁一枯荣，在水一方的我，顿时变得温暖而又悲伤起来。温暖的是，这一岁一枯荣的植物，不弃不离，始终与这长流的红岩河水紧紧地抱在一起。水是芦苇的血液，芦苇被水滋养着，在春夏季节一截截地生长，层层密密，紧言慢语；而到了秋冬，它又在细水流光里静默不语，踮脚守护着村庄的孤独与苍茫。我踏进了河水里，虽隔着雨靴，但深秋河水的冰凉依然从脚底传遍全身。村庄里的每道山山沟沟里的溪水，都越过了砾石和草木，流到了红岩河里。红岩河的清水在雨滴中泛着波纹，党家沟里的溪水有些浑浊，两条水路交汇在一起，一清一浊，一宽一窄，逐渐交融，流向远处。就是这条河，让我们的祖先们傍河而居，繁衍生息，直到今天。饮用，就来河边取水；洗衣，就来河边搓洗。夏季的深夜，收割完麦子的人也会在河里擦洗掉自己的疲困。

河南岸的高渠山、十二洼笼罩在茫茫的白雾之中，巍巍耸立，默默无语。百树落叶，千草枯萎，正在秋雨中历经着“一岁一枯荣”。高渠山、十二洼的每条埝畔里，我都曾走遍。放牛，割草，挖柴胡和远志这类野生药材，是暑假唯一的生活。十二洼下的砂岩崖壁下，有三窟石窑。据陕西省有关文物方面的史志的记载，石窟为唐代遗存。窟口呈方形，2 号、3 号窟口用土坯封堵。石窟高 1~3 米，宽 2.5~3 米，进深 5~6 米，其中最大窟面积约 18 平方米，最小窟面积约 14 平方米。为何用土坯封堵，至今成谜。

有老年人说，土坯封堵是旧社会为了躲避土匪，当闻有土匪入村时，村里的男男女女就搭着高高的木梯子，爬进石窑里，然后将梯子拉进窑里；待土匪过村后，人们再顺着梯子爬下来，继续着自己的生活。而如今，这些石窑已经成了鸟儿的安乐窝。我站在石窑下的河北岸，见一群群的鸟儿，啾啾地叫着，站在石窑的土坯上，为悄然无声的村庄，带来了一声声音符。

时近下午 3 点，我见天色暗沉，乌云在山顶森罗密布，便折身向祖父生前的老房子走去。老房子建于 20 世纪 90 年代，部分屋顶已有些塌陷，可以看到拳头大的一片天空。人不住了，房子变得空落落的，没有了生机，院落里长满杂草。

最后的祭奠仪式开始，磕头、作揖，姑姑们哭出了声音，悲戚而庄重。我始终认为，在城乡二元结构的今天，农村最有传统且有仪式感的，莫过于老人去世后，祭奠埋葬的礼仪。丧事活动从何时而起，已无可考，但随着社会的文明进步，已大大从简，一些迷信的做法已逐渐淡出，但如奔丧、丧服、吊孝、祭日等祭祀的传统礼节仍绵延流传。

祭奠结束，要去坟地。顺着湿滑的小路，盘旋而上，走到坟地里去。逝者如斯，祖父的坟头，几棵松柏青翠。他已经在这向阳的大地，睡去了三年。

从老房子走到坟地，跨过了半个村子，除参加祖父三周年祭奠的人外，只遇到了一个村人。他正提着笼，从已经霜冻了的地里，捡回来几把青辣椒。

沟沟洼洼的柿子树星罗棋布，红彤彤的柿子挂在枝头，已经没有了人去采摘，任凭其熟透，成了灰雀们饱餐的口粮。

离开了祖父的坟地，我们需要沿着山路走，几公里后才能到塬上的柏油路，有车在等。一路的泥泞，深一脚浅一脚地向前迈着脚步。我与二姑和三姑同路，听她们说着这些年的陈年旧事。三姑一家人早年去了临潼，在外当厨师做凉皮生意十几年，积攒了一些财富，年龄大了，有病在身，回来在县城买了房，安了家。但是她闲不住，现在还在一家工地给工人们做饭。在外这些年，她的观念更新快，许多家长里短的事情都不挂在心底，人活得也通达豁亮一些。走着走着，二姑掉了队。二姑嫁给新民街道的姑父，姑父有修车的手艺，在自己门前开了个修车铺子，主要修理各种农机。他人勤快，话不多，来人修车，不分黑明昼夜，从车底下爬进去，到修好出来时已满身油污，三十多年来，小有名气，已经形成了赵师傅修车的良好口碑。二姑在家照看三个孙女。她的二儿子前几年出过车祸，右脚有些残疾，经营着一家农机配件店，这是她这些年来的心病。她和我们在路上时，就絮絮叨叨地说，二儿子经常外出吃饭，还没有生下儿子，等等。我和三姑都在劝她，说应该正确地面对这些，每个人都有自己的活法，况且年轻人的生活行为方式和他们那辈人相比，已经发生了巨大的变化。二姑口上答应，但是心里还是一团苦愁——她的眉头始终紧皱着，无法舒展开来。

我一步步地离开村庄，村庄也一点点地远离着我，渐渐地淹没在沟底的深处。到了文家坡村，我站在塬上，看着村庄在深秋的萧瑟中，像一位耄耋的老翁，沟沟壑壑的皱纹，布满面庞。那条永不停息的红岩河，缓缓地流淌着，成了故乡无法诉说的眼泪。雨又下了起来，急急地落下，落入每个人踩下的泥窝窝里，然后如受惊的蛇一样，蜿蜒着汇聚成溪。它们要流向沟下的村庄，顺着各沟渠向红岩河里去。它们不知道，我的祖先埋葬在这里，我的祖父埋葬在这里，我的痛苦和惆怅也在这里。这里还埋葬有母亲生我的胎盘，这里有我二十年生活舞台最优美的布景，而我却成了故乡的叛逆者，不听话地逃跑了，跑得很远、很远，甚至在异乡的梦里，又开始追寻归乡的路途。

故土难离

故土难离，始终是千百年来积淀在中国百姓心中的情结。

2016 年 5 月 10 日，初夏。在这天中午，弟弟打来电话，说在史家河小学外的砖墙上，贴出了关于红岩河库区移民搬迁的公告，并附有征地补偿分配到户花名册，每户人家赔偿的金额都算得清清楚楚。公告要求 5 月 6 日至 11 日完成征地补偿款的分配，5 月 12 日至 16 日完成库区搬迁户的搬迁，5 月 17 日至 21 日完成房屋、窑洞的拆除。

公告贴出后，寂静的村庄顿时变得沸腾起来。这些年，许许多多的年轻人，都离开了村庄，在外面的世界里，经营着自己的生活。但是他们的身份证地址还是史家河。史家河的村庄里，还有他们留下来的破旧的房屋、荒芜的田地，他们的户籍还与史家河这个即将消失的村庄紧紧地联系在一起。当看到搬迁公告时，还厮守在村庄的老年人慌了手脚：搬迁的期限是多么的紧迫，一辈子的家业都在这里，他们收拾了那么多的柴火还整整齐齐地堆在家门口，他们种了别人荒下来的土地里，还长着已经灌满了浆的麦穗。有人低下头，挠着头说："能不能把这茬庄稼收了呀？庄稼是农民的命啊，庄稼烂在了地里，这是要被人戳脊梁骨的啊。"他们就去蹲在田间地头上，抽着烟，看着已开始发黄的麦草秆儿——离收这最后一茬庄稼的时日不多了。

这些年，靠天吃饭的村庄里，原来在村庄里生活的能干人，基本都加入了外出务工的大潮里去，他们到了城里，靠着自己的力气和手艺吃饭。村庄里仅剩下了几个村干部和已经没有劳动能力的人。史家河村和千千万万的农村一样，人心离散，人去地荒。这些年，修路修桥，无人牵头；贫弱乡邻，无人过问；水利兴修，无人去管；邻里纠纷，无人出面解决；红白喜事，无人帮着操持。绵延了几千年传统农耕文化的村庄，突然成了断线的"风筝"，失去了亲情、乡情，失去了向心力。转型中的广大农村，乡村秩序越来越纷乱，乡村社会的纽带也越来越松弛。

就是史家河搬迁的这件事，村干部也是想尽了办法，让每个家族里选一名代表，代表的作用是做本家族亲属的思想工作，并参与分配到户的全过程。我们家族，选了我的大哥作为代表。他原来在税务机关工作，后来下海，在县城里经营过食堂，开办过旅社，后来赶上了房地产开发的大好时机。他虽然这么多年没有在村庄里生活，但是在村民邻里之间有一定的口碑和威望。2015年中央一号文件提出，创新乡贤文化，弘扬善行义举，以乡情乡愁为纽带吸引和凝聚各方人士支持家乡建设，传承乡村文明。在村庄搬迁的过程中，各家族选出的代表或多或少都有些乡贤的味道。

2016年11月，我再次踏上了这片生我养我的土地。

史家河村，地处渭北黄土高原的沟壑地带，唯一通往县城的高安公路因为水利工程已经无法通行。从塬上的乡村公路绕山而下，群山环绕，植被落叶，沿途一眼望去，丘垄、沟沿、树枝、草垛……所有一切，都安静了下来。因搬迁卖掉的树，已被伐掉，剩下的是与大地平行的树根，还深深地扎在土地里，一圈圈年轮是那么刺眼。弟弟说，我们家的三棵大杨树，长了三十多年，总共卖了三百多元，就这样还给木材厂的人说了不少好话。弟弟说："你想啊，人家买了树，还要找人来锯掉，还要找车来拉走，这些都是不少的费用。"

残垣断壁，这个成语最恰当不过。镇上的搬迁政策出台，同意的人签字后，拆迁的"大家伙"（设备）就进了村。属于房子的，都被推倒在地。长满苔藓的瓦砾和土坯交织在一起，无不言说着村庄最后的留恋。

我们还没有走到村中的老学校院里，就听见一阵狗叫。走进院子，见有人来，我的一个远房长辈站了起来。她已经不认识我了。弟弟在一边介绍，她说，以为又是拆迁的人来了。

她说：“我在咱村已经生活快五十年了，现在老了，舍不得离开村子，就留下来种地。这里是我们的根。”她家原是依山而居，住在凿的窑洞里，窑洞已几近坍塌。为了安全，加之搬迁，村里的干部就动员她搬到学校的公房里来住了。我没好意思问她将来要搬到哪里，也不知道她是否用拆迁的补偿款在城里登记了经济适用房。

她的大儿子，已经去世好几年，二儿子今年已经快五十岁，还是单身汉。在传统的农业社会里，人们都喜欢生儿子，可是生的儿子，如今找不到媳妇。究其原因，还是因为穷。她的儿子很少外出打工，种庄稼的收入又极为有限，贫困的问题始终还没有得到解决。就在我回去的那天，史家河四组马家底传来了唢呐的哀乐声。这些年，我听到最多的就是村里的哪位老人去世了。生老病死，再正常不过。马家底有人已经因为拆迁搬到了县城里，但是老人去世后还得拉回来埋葬。在农村，丧葬一直被视为庄严的大事举行，设灵堂、出殡、埋葬和祭奠等环节极为讲究。出殡环节为整个丧葬礼仪的高潮。孝子先祭，众亲友接着祭祀。出棺后，长子捧灵牌，长孙肩扛“引魂幡”在前引路。唢呐吹奏哀乐，棺木一般由十多个青壮年肩抬，后面亲属紧跟，同族邻里几十至上百人同赴墓地。

而如今，已经搬迁的人已经没有了家，就只有在城里给老人办丧事，庄严的仪式已经再简化不过。马家底的人在县城的小区里搭了帐篷，举行了祭奠仪式。听回来的人说，这样的做法引起了同小区住户的强烈不满，因为举办丧事，影响了人家的正常生活。祭奠完了后，去世老人的棺材就用车拉了回来，还是埋在了史家河的土地上。这也是未来长期一段时间，村里所有儿女给老人送终时，要面临的一种方式。老人们生活在村子里，却在自己老去时，去县城里转了一圈，最后又落叶归根。

出生的儿子

2015 年 8 月 30 日中午，杜陵塬，初秋。妻经近十月怀胎，小家伙还差几天就要来到这个世界，在子宫里跃跃欲试，摩拳擦掌。经检查，医生说羊水偏少，遂住院留观。一阵忙活之后，托熟人、找关系，才在 326 床住下来。

晚饭过后，太阳落下地平线，塬上的秋便变得安静起来。草木郁绿，蟋蟀啁啾，我们在灯火通明的产二科三病区来来回回地迈着步子，不能自由外出……

守门的护士说，我可自由来回，妻不可，入院了医院就得为产妇负责。妻挺着大肚子，踮起了脚尖，便笑着向外张望，夜来风的世界里，自由而舒适。她说还是家里好，舒服，想干啥都好。就是的，家里好，我们两个人的世界里，白天都在外忙忙碌碌，回到家一起窝在偌大的沙发上，或在厨房里练习着在某某大厨小宴里看到的菜肴…… 这也是我们普通人的幸福。

回了病房，同房间的病友在打电话，别人问医院远不远，她说在三兆，说完了又觉得三兆是个不吉利的地方，手拿着电话，对着窗外，“呸呸呸”地向夜空吐洒着口腔的分泌物，然后问一旁的老公：“这怎么说呢？杜陵？哦，哦，雁翔路，雁翔路……”

夜深了，已过了11点，三病区的房间里不时传来新生儿的声声啼哭，或清脆或沉闷，或远或近。产妇虚弱的身体，无法阻止儿女人生的第一口吮吸。听着孩子们远远近近的哭声，我躺在简单的陪护床上，想起了今天在病区遇见的一家四口人：孕妇怀孕三个月，有可能是大三阳，且胎儿保不住，她不到二十岁的脸上，听见医生还没说完的专业术语，眼泪就止不住地流淌了下来。

8月31日，第二夜。一早，6点爬起来，满眼迷糊。走在妇产科的通道里，竟已有20多人在妇产科门诊口排队。人估计已站累了，所以有水杯、手提袋、检查表，甚至是一袋豆浆，一溜儿地代替着主人，悄然无声地排队。回到病房，给妻说，妻笑，说：“看来我们原来一直都是来得算晚的。”是啊，自从1月10日来医院初检，到8月30日的最后一次门诊，我们从来都是第十位以后。周内从来没来过，原来人这么多。人常说，早起的鸟儿有虫吃。早早来挂号的人，当然就排在前面，早检查早结束，说不定回到家还能睡个回笼觉。

早8点后，护士就专门带着妻去做全面B超。羊水却从昨天的75mm上升到今天的90mm ，已从羊水偏少回归正常值。我一阵窃喜，问医生，让回房间里等待。看着B超单上的各项指标，妻已开始用手机软件概算小家伙的体重。算完了，妻咧嘴笑着，说是个胖小子。这十月怀胎以来，她是最辛苦的。看看她的肚子，从小变大，从大变圆，到某个时辰“卸货”，然后再开始抚育的阶段。

同房间的孕妇已经哭了好几次，她是二胎，第一胎就是剖宫产，说是今天的手术约到了9点。她的眼泪里有恐慌，也有喜悦。直到快下午4点时，护士才来请她去做手术。不一会儿，6斤重的丫头就陪着她回到了病房。小丫头粉嘟嘟的，来到了这个世界，躺在妈妈身旁，攥着小手打哈欠，甚是可爱。

夜晚的走廊里，传来的都是婴儿们的啼哭。他们用哭声表达着自己的全部，饿了困了拉了尿了，他们的声声啼哭，都召唤着初为父母的人们，开始着手忙脚乱。

护士常常入房来，查体温，测胎心，问胎动，无微不至，以职业的素养为迎接一个个新的生命，在病区穿梭着。晚饭过后，陪妻在走廊散步，她说昨晚梦见小黑猪崽，我开玩笑，说是不是梦见是在窗外的杜陵塬上撒欢呢？她大笑。梦是好梦，梦随心生，我知道她也是期待着自己肚子里的小可爱早早地出来，给她惊喜，让她的母爱泛滥起来。

是父母，都爱自己的孩子，哪怕是阿猫阿狗，何况我们即将为人父母，要在自己三十多年的人生旅途上，开始走另外一条“养儿方知父母恩”的路呢？

9月1日上午，羊水深度88mm。一切指标正常。医生检查后说，小生命的到来，尚有几天。于是我们出院回家等待。

9月6日晚，正准备洗漱换衣的妻子，突然感觉体内羊水破了，遂赶快又进了医院，又是一番抽血、检查各项指标、监听胎心。

9月7日凌晨2点5分，妻子二次被推进产房。

母亲、大姐和岳父、岳母在产房门口的条椅上心神不安，期待着小生命的到来。凌晨2点58分，允许家属进产房陪产。当我穿上专门的防护衣站在产房门口时，心里一阵紧张。3点33分，儿子出生，坚强地没有哭啼几声。助产士用手敲了敲孩子的小脚掌，小家伙才半睁开小眼睛，看着这个世界，嘤嘤地哭起来。我的内心一阵柔软。忽想起，孩子出生前每月一次的检查，雷打不动。每当我们走到医院里，通过B超，看着孩子一月月长大，通过医生听胎心，听见他的心跳像擂鼓般咚咚咚地响着。妻子也成了家里的重点保护对象，她每天下班回来，总是会说起孩子一天来的“表现”：定时地在子宫里翻腾，或是在里面呼呼大睡。听医生说，孩子的活动是丰富多样的，眯眼、伸展四肢、转身、蹬腿、翻跟斗等等，母体的温室俨然成了成长的天地。妻子每天都穿着宽宽大大的衣服，就担心衣物束缚了孩子驰骋的自由；她不再像原来那样臭美，不化妆从不出门，而是接触到每件物品时，都会寻找是否有“孕妇慎用”这四个字。为了让孩子快快成长，我们除了把空气、阳光和水作为最好的营养素之外，每天还不重样地补充各类水果、奶品。

2015 年 12 月，我去西安曲江的某派出所为新生的儿子上户口，看到户口本上他的身份证编号是“610101”开头，心中不禁多了一些感慨。我从高中毕业考上大学，才将自己的农村户口转到了城里。十五年前，作为农村出生的孩子，要想改变自己的命运，只有参加高考这一条道路，而我的孩子，他不会再像我一样，有在山沟沟里生活的经历。

在西安这座古老的城市里，我已经生活了十多年，还将继续生活下去。这十多年间，我工作，成家，买房，生子，住所搬了四五次。单身时，我一个人住在城南叫作“瓦胡同”的民房里，与来自不同地方的“蚁族”挤在一起，共用卫生间和洗脸池；每到冬天，西北风将不结实的窗子刮开来，雪成了访客，落在角落。结婚后，我们在城内叫作“集贤巷”的地方租住了两年，房子是个单位家属院的顶楼，20 世纪 60 年代的砖混结构。每当下雨天，只有推着床找不漏雨的角落，或者是把盆盆罐罐摆满地。后来实在没办法，就又搬到了纬二街，又住了一年，才搬到了贷款买来的新房子里。

儿子出生后，我们作为父母，给予的环境，是我们小时候做梦也想不到的，因为我们小时候真不知道，山的那一边是个什么样的世界。

安居，安居

对像我的父母这样的农民来说，失去了村庄，跟着儿女，到了城里，他们有关村庄的所有信息，都来自村干部给我兄弟的电话。自从移民搬迁赔偿的事儿启动以来，当了十几年村干部的他们，和村民的关系也随之远了起来，因为赔偿款是触碰每个人神经的问题。村干部与村民之间的不信任成了大事儿。

自从赔偿款明细公布以来，村子里的不稳定因素就多了起来。网络上出现了反映村干部问题的帖子，民生热线上有了村民的信，还有就是非正常上访等，这也让基层政府的人忙活了起来。村干部是村民的唯一指望，因为他们肩负着一个村庄的责任，也是国家权力在农村基层的体现。虽然史家河村的人都因为搬迁而四散，但是他们的名字还在史家河村的名单里，一个也不能少。

2017 年 8 月 3 日，彬县纪委通报了四起侵害群众利益的不正之风和腐败问题典型案例，其中史家河村党支部书记、村主任和村文书联合侵吞惠农资金问题赫然在列。通报称，其三人于2003年和2007年，将村集体105.4亩林地和76.57亩粮食种植面积分到三人及其亲属名下，共同侵吞退耕还林资金和粮食综合补贴10.71万元。2017年6月，县纪委给予三人开除党籍处分，并将三人移送司法机关。

古人言："千里之堤，溃于蚁穴。"近年来，乡村基层"小官贪腐"问题严重。基层群众自治组织的村干部，已经成了小官巨贪的典型代表，纪检监察部门每天公布的案例举不胜举。重要的是，村干部作为国家权力在基层落地开花的神经末梢，看似无关紧要，实则大权在握。他们是国家意志的扩音器。

村干部被移送司法机关，有些年龄大的村民又开始唏嘘不已。说那村支书都快六十岁了，刚上任之初，还争取来资金给村里修了路；那村主任，虽然爱打麻将，但人还是个好人，最小的儿子才结婚不久。淳朴的村民们，以为村干部们要被判刑，要有牢狱之刑。可是他们不知道，当前的小官贪腐已经不再局限于蝇头小利了，已经不再明目张胆地向自己兜里弄一点小钱，而是利用大量基层行政的复杂性、制度监管的漏洞、政策实施的缺陷，冥思苦想着谋取巨额利益。

十九大报告中指出，要在市县党委建立巡视制度，加大整治群众身边腐败问题力度，强化不敢腐的震慑，扎牢不能腐的笼子，增强不想腐的自觉，通过不懈努力换来海晏河清、朗朗乾坤。

县城的北滩里，原来是县城农业人口的庄稼地，而今已经成为县城最为鲜亮和具有活力的地方之一。随着越来越多的人流动到县城，安居工程住房成为政府保障人民群众住有所居、安居乐业的民生工程。从史家河搬迁出来的农民，按照安置的要求，都在这里登记了属于自己的房子。村子里的一草一木、一房一田，已经不属于被赔偿过了的农民。

我在城里遇见了军娃。他属于年轻一代的农民工，尽管和父辈一样，出身于农村，他却有着与父辈完全不同的精神面貌和未来预期。他最初打工来到了西安，后来又去了深圳，听他说这几年又在上海。他念了一些书，早早走向了社会，没有独立干过农活。对于农活，我们这代人已经没有了在田地里劳作的吃苦精神，当然在社会的大熔炉里，曾经的工作也是挥汗如雨，但是至少不会再种地。我和他说笑着，他回来就是参加分房子，这是村庄给予他这个户口还在村庄的人，最后的福利和馈赠。他在遥远的城市打工，成家立业，却始终没有安家落户。在深圳、上海那样的大城市，靠着打工置业，对他来说基本是不可能的，所以他很珍惜这次村里的选房活动。他要亲自选，选自己最喜欢的楼层和户型。他笑着说，这是他的归宿之地。如果他有一天回到了县城，在他的人生规划里是要过上像城里人一样的生活，因为他已经融入了城市。

有句话说:“农村稳则天下安，农业兴则基础牢，农民富则国家盛。”史家河的这些农民，和中国千千万万的农民一样，都在上层制度的设计下，进入了转型时期。年轻的一代，欢欣雀跃，期盼向往着能尽早离开偏远的乡村;老年的一代，痛苦无奈，觉得告别了田地，就斩断了自己谋生的双手。父母那一代，是中国传统农耕文明的主力军，但是今天也在现代的城市文明不断行进着，他们无法丢弃艰苦朴素的生活传统，他们在县城里生活的路，还需要继续适应着。他们中甚至有些人一辈子没来到过城里，没有坐过电梯，没有听过什么叫作“物业”，但是他们如今知道，单元房里不能烧柴火，每月还要缴纳物业费。他们对美好生活的向往，就是吃饱穿暖不得病，手头还有点余钱花。而那些我叫不上名字的孩子，已经开始了在县城小学的求学时代。

后记

不了解农村，何以了解农民

写作，是我连接故土的精神纽带。每个人都有自己的故乡，无论走到哪里，心头始终有浓烈的乡情和乡恋。“芳草鲜美，落英缤纷”“土地平旷，屋舍俨然；阡陌交通，鸡犬相闻”“黄发垂髫，并怡然自乐……”《桃花源记》中描绘的中国乡土村落景象如今正渐行渐远。在工业化、城市化进程中，乡土中国不断遭到侵蚀，乡土文化受到严重冲击，在乡村伦理生活中能起到言传身教之效的乡贤群体愈加稀缺。

中国的乡村聚落，距今已经有一万年的历史，然而进入到今天，每天却以惊人的速度，消失在时代的烟云之中。村落渐行渐远，乡土却仍然散发着抹不去的芬芳。在村庄里，人与自然、人与社会、人与人之间有着难以磨灭的历史。作为写作者，我有责任将这些以文字的形式记录下来，因为这些是一个时代的记忆。

村庄、泥土、田地，是我们所有人的故乡，也是中国文明得以生长存活的真正土壤。随着城镇化与非农化进程的不断推进，在中国广大农村曾经被人们熟知和记忆的东西，也随着时间的推移而逐渐消失，这就和现在不断消失的村庄一样，只是定格在历史的区域地图上，仅能够找到一丁点儿地理意义上的符号。我写我的故乡，写以我的父母为代表的农民，且不能说是为中国的农民立传，至少在史家河若干年的记忆里，有些鲜活的文字出现。我是用文字的方式寻找着与乡村的贴近，与农民生活状态和精神状态的契合。

已经六十多岁的父母，是中国最后一代真正意义上的农民的缩影。他们年轻时，经历了大集体时代的生活，每天辛苦地操劳着，却还是在很长一段时间里过着半饥半饱的生活；虽然有计划生育，但是他们不管偷着逃着，都要生下众多子女。之后经历的改革和分田到户的责任制，使得他们有了自己的生产资料，付出才有了更多直接的回报。他们几乎无一例外地选择了不顾生死的付出方式，为了家庭，起早贪黑。他们这代人是最辛苦、最勤劳的一代人。他们劳动习惯了，不劳动就觉得自己成了无用的人，只要有最后一点力气，就要继续劳作。不劳作对他们而言，是一种罪孽。

而如今，我们这代人都进了城。父母亲劳累了一辈子，却发现自己开垦出来的田地，到最后还是被荒草吞噬。我认识的许多人，他们的户口不在城市里，却背着自己的灵魂来到城市打工，换取一些劳动报酬，但是最终还是难以在城市扎根，他们成了徘徊于城市与乡村之间，最不稳定的群体。

而今，因为水库工程，村民大多搬进了县城的经济适用房，过上了与之前截然不同的生活，这是许多人一生也没有想到的。“七月流火，九月授衣”“十月蟋蟀，入我床下”的生活已不复存在，他们正在面对的是城市的车水马龙，熙来攘往。他们离开村庄的脚步，已经抽离了挽起裤腿过河、光脚插在田间的地气，他们不知所措地行走在城市的柏油路上，踉踉跄跄。

故乡是一个人的血地，祖宗的魂灵长埋在那里；故乡是一个人的气味，自己的胎盘也长埋在那里。血地里有我们的悲喜，气味里有我们的记忆，走进城市里时，没有记忆的负荷，载满的都是念想。面对城镇化进行的今天，我不是要以文字的形式阻止新时代新居民追求另一种活法，而是要纪念数百年来中国农民在农村生长形成的精神质地。他们在农村，虽然经历着农活的艰辛和土地的泥泞，忽然间走进城市，却陷入了思想深处的空虚。这是一种念想，思乡的痛，是任何医术高明的医生都无法诊治的。

史家河村即将随着水库的建设慢慢消失，这个现实意义上的故乡，将变成一个被抽空的词语，无法被标识，也不再有炊烟、柴草和泥土的清新味儿。村庄的意义，只在我这一代人中留下最后的记忆，因为一草一木、一山一水、一人一事，都深深地烙印在我脑海里。但是我的孩子，他将再也不能体会父辈所经历的生活，这片土地不再是他的故乡。他们生活在城市里，甚至对路边野花野草都叫不上名字来，因为他们的教科书里没有，他们的课外读物里也没有，他们的童年已经完全没有了来自故乡生物和精神的基因。

谨以此书，献给时光深处故乡的大地和父母，他们是当代中国底层最后的一代农民，其坚韧的性格，就如同我家场院里碾麦草的碌碡下生长起来的野草，只要有一丝雨露，就会从坚硬的地面，弓着腰长出来。六十多年的人生路上，他们把受尽的风雨沧桑、酸甜苦辣，都默默地咽到肚子里，直到现在还在生存和生活中勇往直前。他们是中国亿万农民的缩影，是我做人做事的本源和取之不尽的精神食粮，也是我坚持业余写作的根本动力所在。

这本书也送给我的儿子。我无法向他讲述我儿时的成长经历，也无法给他讲述我从山沟走向城市的这些年；当他长大成人后，能够从这本书里，读到他的祖辈所成长的那个年代，记住这些已经远去的岁月记忆，将是我最大的慰藉。

图书在版编目（CIP）数据

大国小村 / 史鹏钊著 . -- 郑州 : 河南文艺出版社 , 2022.12
ISBN 978-7-5559-1422-8

Ⅰ . ①大… Ⅱ . ①史… Ⅲ . ①纪实文学 – 中国 – 当代 Ⅳ . ① I25

中国版本图书馆 CIP 数据核字 (2022) 第 159708 号

出版统筹　小马过河
策划监制　小马 Book
责任编辑　王战省
策划编辑　小 北
内文版式　谭 勤
封面设计　MM末末美书 QQ:974364105
责任校对　梁 晓

出版发行　河南文艺出版社
本社地址　郑州市郑东新区祥盛街 27 号 c 座 5 楼
邮政编码　450018
承印单位　定州启航印刷有限公司
经销单位　新华书店
纸张规格　880 毫米 ×1230 毫米　1/32
印　　张　7.5
字　　数　150 000
版　　次　2022 年 12 月第 1 版
印　　次　2022 年 12 月第 1 次印刷
定　　价　58.00 元

印厂地址　河北省定州市西城区大奇连体品园区永康大街东侧
邮政编码　073099　　电 话　0312-2362389